バブルノタシナミ

受けて立つわよ、寄る年波

阿川佐和子

世界文化社

はじめに

本書は二〇一三年秋から二〇一六年春までの二年半、月刊誌『GOLD』にて連載したエッセイをまとめたものであります。

前年の暮れに第二次安倍政権が発足し、アベノミクス経済対策に乗じて久しぶりに日本の景気が復活の兆しを見せ始めた頃、世界文化社から雑誌が創刊されることになりました。世の中にバブルの再来かとおぼしき機運が盛り上がり、その勢いに乗って「待ってました！」とばかり、それこそゴールドのごとくに輝く女性誌が誕生したのです。

「ついてはアガワさんに連載エッセイをお願いしたい」

依頼を受けた私は戸惑いました。いやいや、私はバブル景気の恩恵をこうむった記憶がほとんどありません、むしろバブル時代に少なからず批判的な気持があ

るので、こういうゴージャスな雑誌には似合わないと思います。そうお答えしたところ、

「批判的でけっこうです。どうぞお好きなように書いてください」

きわめて懐が大きく、みごとに脚のスラリと伸びた編集長が、ゴージャスなピンヒールとスーツ姿でニッコリ微笑んでくださった。その華やかさにクラクラッとして、つい引き受けてしまった結果が、本書です。

このたびの書籍化にあたり、連載を読み直して改めて思いました。いったい日本のバブル時代はなんだったのだろう。あの時代、人々は札束に浮かれ、浪費を習慣化させ、消費を美徳とみなした。稼ぎのいいオトコがモテて、オンナたちは日夜、猫なで声でバブリー殿方にすり寄る術を磨いているかに見えました。

実際バブル時代を契機に、女性も男性も美しくなったと思います。若いうちから一流の服を身につけ、上等のレストランで食事を堪能し、舌を肥やし、そして化粧方法も髪型も、みるみる洗練されていきました。

かたや贅沢は敵と教育され、ことあるごとに「もったいない!」と叱られて、ストッキングの穴はマニキュアで埋め、流行遅れになった服はリフォームし、サ

イズの合わなくなったセーターをほどいてラーメン状の毛糸玉に戻す。それが生活の知恵と習い育った私には、バブル消費時代の価値観がどうにもこうにも馴染みませんでした。

だからといって、かつての清貧な時代に戻りたいとは思いません。長い人生には、遊び呆ける時期も必要だという意見を否定するつもりもありません。ただしかし、バブルが弾けたあと、あの時代をひたすら懐かしんでしょぼくれている人を見ると、いったいバブルは日本人にいかなる学習と教訓をもたらしたのかと考えさせられることもしばしばです。

でも最近、ちょこっとだけ安心したことがありました。たまたまフランスを訪れた際、フランスに長く住む日本人女性が教えてくれたのです。

「昔、日本人といえば集団でやってきて、横柄な態度で爆買いをしていくイメージが強く、この国の人はみんな眉をひそめていたけれど、今、そういう日本人観光客は少なくなったって。東日本大震災のときの毅然とした姿にも感動したと言うフランス人は今、けっこう多いですよ」

そう言われた途端、嬉しくなり、同時に緊張感が走りました。不作法なことしていないか、自分は？
バブル時代から四半世紀を経て、今、バブルを知らない世代の間でバブルブームが訪れていると聞きます。バブルに対する憧れか嫉妬か、はたまた単なる揶揄なのか。わかりませんけれど、かつてそういう時代があった事実、そしてそのふわふわの中で吝嗇《りんしょく》の岩にしがみついていたオンナがいたことを、笑って呆れて読んでくださされば幸いです。

二〇一七年　七月吉日

阿川佐和子

目次

file 1

アンチバブルの戯言

最初に断っておくと（別に喧嘩を売るつもりはないけれど）、私はバブル世代ではない。加えて、当時すでに仕事を始めていたものの、バブルの恩恵とやらを被った記憶がほとんどない。

ということを、実はつい最近までさして意識していなかった。バブルが崩壊し、景気が低迷し始めた頃、いや、あのケバケバ時代が去って二十年以上を経た今もって、「ああ、バブルの頃が懐かしい」「もう一度、バブルにならないかなあ……」といとも悔しそうに呟く輩が私のまわりにもたくさんいる。本気でバブル時代に戻ってほしいのか。あんなフワフワと落ち着きのない時代がなぜ懐かしいのだろう。その理由が長らくわからなかった。

あるとき、年下の女友達が、呟いた。

「だって、あの頃は毎晩ドンペリ飲んでたもんね」

毎晩、ドンペリ？　いったいどういう贅沢な生活を送っていたのよ。驚いて問い返すと、

「贅沢じゃないの。あの時代はみんな、そんな感じだった。夜な夜な、銀座でパーティ」

「そうそう、会社によっては二カ月に一度、ボーナスが出るとか。内定決まっただけで会社がハワイ旅行に連れれていってくれるとか。そんなハナシ、ざらだったよなあ」

同じくバブル世代の男性が平然と彼女に同調する。

そうだったのか。だからどいつもこいつもバブル時代を懐かしむのか。納得がいくと同時に無性に腹が立った。そもそも、バブルはバブル。泡なのである。いずれパチンと消えてなくなるまやかしの輝きだ。その泡のもろさに目もくれず、チャンチャラチャンチャラ万札をなびかせて遊びほうけていること自体が異常だったのだと、どうしていつまで経っても気づかないのだろう。そりゃ、景気は悪いより良いほうがいいに決まっている。でも、あの一九八八年から一九九二年あたりの世の中は、確実に熱に浮かされた浦島太郎だったのだ。

あの時代、私はなにをしていただろう。テレビの報道番組のアシスタントを務

め始めて五年ほど経っていた。まったくのシロウトがひょんなきっかけでカメラの前に座ることになり、ちょっと時給のいいバイトを見つけたぐらいの気分だった。業界の常識もなにも知らず、どこのプロダクションにも所属していなかったので、そのせいかどうかはわからないけれど、世の中の景気とは無縁だった。ギャラ交渉をしてくれる敏腕マネージャーも社長もいないので、約束の契約期間が終了に近づく頃、番組のプロデューサーに呼ばれる。

「悪いねえ。弱小番組だから予算がなくてね。ギャラアップは勘弁して。でも僕が交渉しといたから、今度から外に取材に出かけたときは日当五千円アップしてあげられるよ」

そんな優しいプロデューサーに感謝して、よっしゃ、五千円アップだとウハウハ喜んでいた。

清貧ぶっているわけではない。そのテレビの仕事をする以前、私はひたすらアルバイトと見合い、そして織物修業に励んでいた。師匠の仕事を手伝いながら技術を身につけて、ゆくゆくは織物作家になりたいと思っていたのである。内弟子の給金は月三万円。親元で暮らしていたので食住に苦労はなかったが、それでも夢を達成させるまでは清くつましい生活を貫く覚悟だった。そんな日々と比べれば、テレビの仕事ははるかに時給がよかった。突然、会社員並みである。しかも深夜の生放送。満員電車に乗る必要はなく、夕方にテレビ局へ入り、準備をして、生放送を一時間半ほどこなし、深夜に番組を終えると、ハイヤーでウチまで送ってもらえる。思えばそんな新人がタクシーではなくハイヤーに乗せてもらえたこと自体が、ちょっとしたバブルだったのかもしれない。

しかし、仕事内容は決して甘くなかった。最初の頃こそ、ニッコリ笑って「続いてコマーシャル」だけ言っていればよかったが、次第に番組のアンカーであるボスの怒声が飛んでくるようになる。

「それで取材になってると思ってんのか！」

「誰がそんないい加減なコメントしろと言った！」

元読売新聞記者のメインキャスター、秋元秀雄氏は、甘っちょろい仕事を許さない人だった。というより、ボスとしては怒るのが当然だ。政治も経済もわかっちゃいない。いつまで経っても取材やインタビューが下手。三十歳を過ぎたというのに世間に疎すぎる。使い物にならない私は、毎日毎晩、上司の怒声におびえ、ビイビイ泣いて、ああ、早く優しい王子様が私を救いに来てくれないかしらと、叶わぬ夢を妄想しながら、殺伐とした気持で仕事をしていた。

そんな憂さを晴らすため、たまに仕事仲間と深夜の繁華街へ繰り出すことがあった。番組終了後、うどんを食べに行ったりカラオケ店で大声を上げたり少々酔っ払ったりしたものだ。そして明け方の三時頃、六本木あたりの路上でタクシーを拾おうと手を挙げる。するとなぜか空車はスピードを落とす気配もなく、私の前を走り過ぎていく。

「なぜ止まってくれないんだろう……」

誰に聞いても、

「そりゃ、オンナは近距離に決まっているからさ。乗せたくないんだよ」

バブルなんてろくなもんじゃない。私は心の中で唸った。人の心を傲慢にするだけじゃないか。お金がある人が偉くて、お金を使う人がカッコいい。そんな価値観が蔓延している時代の、どこに面白みがあるのか、私にはちっとも理解できなかった。

私には、バブルに苦い思い出こそあれ、楽しくもゴージャスな映像はワンシーンとて浮かばない。こんな文句たらたらオバサンが、この華やかな雑誌でどんな具合にのたうち回ればいいのだろう。よくわかりませんが、せっかくご指名いただいたので、これを機会にバブルが私たちオンナに与えたものはいったいなんであったのか、しばし検証してみようと思う……なんて、そんな大上段に構えて語るつもりはさらさらないですが、ちょっくらお付き合いくださいませ。

file 2

髪型の傷

オンナが髪の毛をばっさり切ると、オトコは伝統的に同じ反応を示す。

「さては彼氏にフラれたな？」

するとオンナは一様に深いため息をつく。

〈またか……〉

どうして髪の毛を切ると失恋したと思われるのだろう。そんなオンナがどこにいる？

もちろん実際に失恋し、その落ち込んだ気分を払拭したい思いでショートヘアにする女性もたまにはいるだろう。しかし、たいていの場合、そうではない……と私は思う。

念のため、調査した。私の周囲の女性十人に聞きました。

「失恋して、髪の毛を切ったことある？」

すると全員が首を横に振り、「ない！」ときっぱり答えた。ほらね！

私も彼女たちと同意見である。数十年の歴史において、失恋して髪型を変えたことは一度もない。失恋は何度か経験しているが、そのとき「そうだ、美容院へ行こう！」と思った覚えはない。もとよりそんな気力が湧かなかった。人と会い、声を発する元気が出なかった。髪の毛なんてどうでもいい。それよりベッドのなかで日がな一日、うだうだぐだぐだ寝続けたい。寝ている間は辛い気持を忘れていられる。寝ればいつかエネルギーは再生され、寝ているうちに、時は過ぎていく。最大の味方は時間である。時が経てば、薄皮がむけるごとくに少しずつ、心の傷は癒えていくはずだ。それを信じて寝続ける。床ずれができるほど寝てやるぞ。が、いくら寝続けたいと望んでも、寝てばかりいられない状況が必ず訪れる。ありがたいことに、家族、友人、仕事、宅配便のおにいちゃん、電話が現実逃避を許してくれない。

「どうしたの？　元気なさそうだね」

若い時代、オトコにフラれてまもなく、男友達から電話がかかってきた。ベッドからようよう這い出して受話器を取った私の弱々しい声を聞き、異変に気づいたらしい。ちなみにそのオトコは、単なる男の友達だった。

「うん。実はフラれちゃったんだ。ははは」

「そうか……。まあ、時間が経てば元気になれるさ。新しい恋に落ちる日が必ず訪れる。別れたオトコとだって、縁があればまた明るく会えるよ。だからくよくよするなって」

「ありがとう……」

電話口で鼻水をすすり上げる私に男友達は優しかった。

そして三週間後、

「あ、もしもし。こないだはありがとう。あなたの言う通りだった。元気になったよ」

お礼の電話をしたつもりなのに、男友達の声はかすかに冷たい。

「嘘だろぉ。信じらんねえ。もう元気になっちゃったの？」

オトコにとって、恋を逃したオンナはもう少し長時間、メランコリックでいてもらいたいものらしい。

話を髪の毛に戻す。オトコたちの期待に反して我々メス族は、いつまでも過去を引きずっては生きていられないタチにできている。どんなに悲しいことがあろうとも、とりあえず今夜のおかずを何にしようか考える。子供のおしめを換え（個人的には経験ないけれど）、洗濯物をたたみ、ゴミを捨て、食料品の買い出しに行き、耳の遠い母に大きな声で話しかけ、明日の仕事の準備をしなければいけない。かかってきた電話にはつい愛想のいい声を出し、気弱なオトコどもをどやしつける。眼鏡が見つからないとか、よりによって客人を招いた日に冷蔵庫が壊れるとか、乾いたと思ったはずのマニキュアを、トイレでパンツを上げる際にグジャグジャにするとか、こうした些末な理不尽と闘い続けなければならないのだ。だから……というにはやや論理の飛躍があるかもしれないが、オンナにとって「髪の毛を切りたい！」という衝動は、悲しみを乗り越えるための離別の象徴ではなくて、むしろ日々の憂さや単調からの脱却であり、気分刷新への希望とワクワク感に溢れているのである。と、長らく私はそう信じてきたのだが、最近、発見したことがある。

ときどき、「その年齢で、そのヘアスタイルはどうよ……？」という女性（若いとは言いがたい）に出くわす。似合っていないわけではない。が、どこか、しっくりこない。なにが違和感を抱かせるのだろう。そう思っていた矢先、女友達の言葉が耳に入ってきた。

「オンナってさ。自分がいちばんモテた時代の髪型を、ずっと続けたがる癖があるよね」

たしかに私が違和感を抱いた女性の、あのクリンとカールのかかった前髪は、聖子ちゃんカットを彷彿とさせる。ウルフカット縦巻きソフトロールは、ファラ・フォーセットに似ているような、似ていないような。かつてそのストレートロングヘアで何人のオトコどもを魅了したのかと想像させられるあのオバサン……。違和感の疑問がたちまち消えた。そうだったのか。あの「どうなんだ？　髪型」は、それぞれの黄金時代の証だったのである。

私にも黄金時代の髪型がある。若い頃、もっとも長く続けていたのは、肩に届くか届かぬほどのボブスタイルであった。しかし三十代の半ば、急に抜け毛がひどくなり、髪の毛への負担を軽くしようと思い切って短く切った。その後も何度か郷愁が蘇り、再びボブに戻そうと思ったことが何度かあるが、「アガワはショートのほうが断然似合う」という友人知人の意見に従って、髪を伸ばすことを断念してきた。

そんなとき、たまたま映画に出演することになり、ショートヘアの母親役を演じた。その映画には回想シーンがあり、

「十年前の設定だから、ちょっと髪型を変えてみましょうか。ボブのかつらをか

ぶるってのは、どう?」

メイク担当さんに打診されたとき、

「ボブなら自信がある。私自身、若い頃はずっとボブだったから」

そう豪語して、意気揚々とかつらをかぶったその瞬間、愕然とした。鏡に映る自分の顔が、予想していたものと違ったのである。ぜんぜん似合っていない。そんなバカな。そしてまもなく気がついた。

顔が、昔とは違う……。

もちろん、ショートヘアにしていても、シミ、シワ、たるみはしっかり自覚していた。しかし、ボブにするとその嘆かわしき顔面の老化がさらに強調されるのだ。自分が思い描いていた、ボブが似合う私の顔はいったいどこへいってしまったの? いくらクリームで保湿しても、どれほど頬紅を加えても、決して戻ってきてはくれない。私はそのとき残酷なほどにはっきり認識したのである。

昔の髪型にどれほどキラキラするような思い出が詰まっていても、決して再会しようと思ってはいけない。心の傷は時が解決してくれるが、髪型の傷は、時が経つほどに、大きく深くなっていくのである。

file 3

タイツ復活の日

出すべきか、出さざるべきか、それが問題だ。

ここ数年、私はハムレット並みに悩み続けている。何を出すか出さないかと言えば、膝である。

いつの頃からか、ミニスカートやショートパンツが流行り始めた。最初は膝が隠れるか隠れないか程度の丈だったから、若くない世代の我々もどうにか流行についていくことができた。あらやだ、膝小僧がチラリズム。長らく世間にお披露目していなかったけれど、なんだかこうして出してみるとちょっと恥ずかしいわねなんて、身体をくねらせながらも、その程度の冒険なら楽しむことができそうな予感があった。しかし気がつけば、ミニの度合いは年々、増していき、今や膝上二十センチはありそうな超ミニをはいて街なかを闊歩している若い女性をちょくちょく見かける。超ミニよりさらに短い丈のショートパンツ姿で、その上からオーバーサイズのブラウスやセーターを羽織って……もしかして下には何も着ていないのかっ？　と疑いたくなるような格好で颯爽と通り過ぎるギャルもいる。そんな彼女たちの溌剌たる姿を、私は羨望のまなざしでしばらく眺めるばかりであった。

めぐるめぐる、時代はめぐるのだねえ。

関係ないけれど、あるとき友人の女優ダンフミとともども会食に招かれた。お酒が進むうち、同席した男性が昔話を始めた。若かりし日に経験した「めくるめく恋」の物語であった。会いたくても会えない。その苦しみにどれほど悶絶したことか。男の話が佳境に入った頃、隣に座るダンフミが身を乗り出して遠慮がちに囁いたのである。

「そのめくるめく恋って、プラトニックだったの？」

私は即座にダンフミを睨みつけ、酒の勢いとともにきつくたしなめた。

「プラトニックなわけないでしょーが！　めくるめくってのは、スカートをめくるめくるような激しい恋愛のことです！」

ダンフミは、私のことをいとも汚らわしい動物を見るかのごときまなざしで睨み返すと、激しく眉をひそめて、こう言った。

「もぉ、下品！」

話をスカート丈に戻す。

申し上げるまでもなく、初めて日本で大々的にミニスカートが流行ったのは一九六〇年代から七〇年代のことである。私の中学高校時代に当たる。男の子のような金髪ショートヘアと、まさに小枝そのものの肢体を持つ英国のトップモデル、ツイッギーが世界に衝撃を与えた。細くてまっすぐな二本の足が短いスカートの裾から気持よく伸びている。その颯爽たる姿にどれほど憧れたことだろう。誰が見てもツイッギーの倍の太さはあろうかという太ももと、ツイッギーの半分の長さしかないと思われる足をもってしても、なんとかミニを着こなしたい。私たちは腹巻きほどの短いスカートを腰骨にひっかけ、駅の階段を上り下りする際は下着が見えないよう、鞄や雑誌でお尻を覆った。電車で座席に腰を下ろすときは膝が開かないようさりげなく手を置く。あるいは荷物をその上に載せる。が、つい居眠りをして、両足の緊張がゆるむ。恥ずかしさのあまり、慌てて電車を降りたこともある。それほどの苦労をしてもなお、ミニスカートをはきたかったのだ。

「流行は、似合う似合わないを乗り越える」

知り合いのファッションデザイナーがため息まじりにそう呟いたとき、なるほどと合点した。「着たい」という欲望は、「似合っていない」という現実をやすやすと凌駕する。鏡に映るぱっつんぱっつんの大根足が、なぜかまんざらでもなく見えてくるのである。

でも、思えばあの頃は若さがあった。太っていても曲がっていても短くとも、若さと明るさでなんとか乗り越えられた。ホットパンツ（当時はショートパンツのことをそう呼んでいた）だって、体操着だと思えば、なんでもない。着られる着られる。

あれから幾星霜。再びミニの時代が到来した。流行に乗りたい衝動は相変わらず健在である。着たい、着てみたい……。

「こんなの無理よぉ。とてもこの歳じゃ」

口では抵抗しつつ、まだ正札のついたミニスカートを鏡の前でさりげなく身体に当て、「着るだけならタダだから」と試着室に入る。

「あら、よくお似合いじゃないですかあ」

鏡の後ろからどんなにニッコリお世辞を言われても、だまされまい。試着できたことだけで満足。商品を店員さんに返すと、「やっぱりやめておくわ。ごめんなさいね」。

最初はこんな感じで店を後にする。が、一度、試着したせいで「着てみたい」衝動はさらに増す。そして数カ月後、いや、数日後？　私は再びミニを手に取っているのである。

「この膝小僧がもう少しシワシワじゃなかったらねえ……」

とりあえず、自覚のあることを店員さんに伝えておかなければならない。すると案の定、

「ぜんぜんシワシワなんかじゃありませんよ。気になさる必要、まったくございません！」

この一言が私の背をポポンと押す。本当かしら。でも、半分は嘘じゃないよね。慣れとは恐ろしい。そして素晴らしい。ミニスカートやショートパンツをしばらく遠巻きにし、眺め、近づき、手に取り、試着して、そして最後に一線を越える日が訪れるのだ。

だからといって、膝の不安が完全に払拭されたわけではない。この膝をどう始末しよう……。

そこへ現れたのが、タイツである。

「大丈夫、僕にお任せください！　あなたのシワシワたれたれ膝を、僕が守って

差し上げます！」

　私は密かに思っている。ここ数年の不景気時代において、唯一、静かにほくそ笑んでいたのはタイツ業界ではあるまいか。今、私の大判衣装ボックスを占拠しているのは数えきれないほどのタイツの山である。黒、グレー、ダークグリーン、ワインレッド、黄色……。いずれも厚手で丈夫だからちっとも伝線しない。多少、ダマができるが、捨てるほどの損傷ではない。だから増える一方。いったいこれだけのタイツを私は死ぬまでにはき尽くすことができるのか。が、膝の不安はタイツ君のおかげですっかり解消された。少なくとも、この寒い季節においては。

　こうして私は積極的にショートパンツをはき、超ミニスカートの我が姿に酔いしれるようになった。が、時折ハッとして、自問する。

「いいのか、そんな歳で、そんな格好してて」

「アガワさん、若い！　今風！」と褒めてくれるその陰で、実は「イタい！」と眉をひそめているのではないか。頭の中ではわかっている。わかっているけど、やめられない。だってタイツ君が守ってくれてるもん。守ってくれなくなる夏の日のことは、またそのときが訪れてから考えることにしよう。

file 4

セルフカットの罪

二年ぶりに美容院へ行った。

なぜ二年間も美容院へ行っていなかったか。

「自分で切ってるんです」

告白すると、一様に驚かれた。私はさりげなくうなじあたりに手を当てる。すると、

「まさか、後ろも？　自分で？」

「はい、まあ……」

目を丸くして、「上手ねえ」と、たいがいの人が褒めてくれたものだ。プロのヘアメイクさんにも褒められた。アガワさん、どんどん腕が上がってる、もはやシロウト技じゃない。

そんな言葉に気をよくし、「美容院」という言葉を私の辞書から削除しようか

と思ったほどである。

　なぜ美容院へ行かなくなったかといえば、二年前、母が心筋梗塞の手術をすることになり、その世話やアフターケアにアタフタして母のことばかりに気を取られていたら、今度は自宅で父が転び、救急車で運ばれる騒動が勃発。幸い怪我は頭を何針か縫う程度で収まったが、そのショックのせいか、老人特有の肺炎を起こし、そちらのほうが深刻だ、さあどうする、アタフタアタフタ。まもなく肺炎は治ったものの、歩行のおぼつかない大柄な父と心臓病を抱える小柄な母を二人だけで生活させてよいものか。さあどうする。オタオタ……なんて騒ぎに日々を追われるうち、とうてい美容院なんぞに行っている余裕がなくなったのである。

　朝、洗面所の前の鏡に自分の顔を映す。ああ、髪の毛がモサモサと重くなってきた。美容院へ行きたいなあ。でも時間がないなあ。ふと、鼻毛切りバサミが目に留まる。手に取って鏡を覗き込みながら、前髪に当て、長くなったところをチョチョッと切り落とす。スッキリした。もう少し切ってみようかしら。横からハサミを当てると、昭和の子供の顔（私の子供時代によく見かけた前髪一直線頭のこと）になってしまう。髪の毛を一束持ち上げ、刃先を縦、すなわち髪の毛と同じ方向に入れる。そうすれば、少なくとも散切り頭にはならない。美容院へちょくちょく通っていた頃、美容師さんがカットする様子をしっかり観察していたおかげでなんとなくの要領はわかる。あら、うまくいった。ついでに耳の後ろあたりも重いから、切ってみよう。最初は遠慮がちにハサミを入れる。が、だんだん大胆になっていく。そして本格的にカット環境を整えようと心を決める。

段取りとしてはまず、大判の段ボールを洗面所のシンクの上に置いて蓋をする。それから上半身裸（ごめんあそばせ）になるか、あるいは首元にビニール風呂敷を巻くなどして、切り落とした毛髪が衣服につかないよう工夫する。手元に揃えるのは手鏡と鼻毛切り。なぜ鼻毛切りがいいか。刃先が丸くなっているので、皮膚にハサミが突き刺さったり、髪の毛と一緒に皮膚を切ったりする心配がないからだ。もっともそののち、ベルリンを旅した折、朝市場でアンティークの床屋さんのハサミを購入して以来そちらを使っているので、その点においても私の技量は上がったと思われる。

さて、準備が整ったところで私は鏡に向かい、両手を使って頭髪のあちらこちらをつまみ上げ、どこらへんがモサモサしているかをチェックする。基本的に私はショートヘアである。前髪は眉毛が隠れるか隠れない程度の長さ、後頭部は段階的に短く、それに比して側頭部をやや長めにしてある。側頭部の髪は耳にかけてしまえば完全なショートの髪型になるし、耳の上にかぶせて変化をつけることもできる。その程度の長さが気に入っている。

不思議なことに髪の毛というものは、部位によって伸びる速度が違うらしい。私の場合は圧倒的に、うなじの上、ちょうど耳の後ろあたりの髪の毛の伸びが速い。そこらへんを重点的にすいていけば、だいぶモサモサ感が軽減される。私はハサミを縦にして、うなじの上のモサモサ軍団にいざ突入。リズミカルにチャッチャカ切り落とす。黒い髪の束がバサリバサリと肩へ、段ボールの上へ落ちていく。その清々しいこと。切り落とした髪の毛とともに、心にたまった憂さや鬱屈、不安やストレスも一気に出ていくような気がして、まことに気持がいい。

ときどき手鏡を持って後頭部のカット具合を確認する。うーん、まだここらへんが多いかな。左右を見比べる。おっと右を切り過ぎた。でも気にするまい。少々失敗したところで、いずれまた伸びてくる。最近は左右対称にさほど厳格ではない。アシンメトリーがお洒落と言われる時代だもの、いいさいいさ。

「顔の周りの髪の毛が決まっていれば、あとはだいたい大丈夫。額縁と同じよ」

以前、ヘアメイクさんに教えられた言葉も助けになっている。顔の輪郭に沿った髪の毛を切り過ぎないよう注意すれば、後頭部や側頭部が少々アンバランスでも、なんとかかたちになるという。

では、寄る年波に増えつつある白髪はどうするか。心配無用。今どきドラッグストアに行けば、白髪染めのなんと種類の豊富なことか。試しに買って使ってみると、想像していた以上に手軽に染まった。

ならばパーマはどうするか。以前、この連載で「年相応の髪型をするべき！」と力説したアガワである。顔にシミ、シワ、たるみが増殖するにつれ、毛先のつんつん尖ったストレートヘアは似合わない、適度のウェーブが必要だと、そう信じてきたアガワだったのに、自身がパーマを放棄して、なんと申し訳が立つだろう。しかし、そこにも対応策は存在した。

逆毛とヘアーアイロンである。これさえあれば一万力だ。十万力とまでは言わないが、でも担当のヘアメイクさんも太鼓判を押してくれた。

「大丈夫。アガワさんの髪の毛は柔らかいから、カーラーとアイロンとドライヤーでじゅうぶん、ウェーブはつけられます」

でしょ！　自分でも逆毛の立て方がずいぶん上手になったと思っていたところだ。

かくして二年の歳月を経て、突然、暇な日が訪れた。天候のせいで地方出張がキャンセルになったのだ。幸い原稿の締め切りも切迫していない。親の介護もその日に限って人手に恵まれていた。

「さて、どうしよう」

思い立って美容院へ行った。二年ぶりにプロにカットをしてもらい、二年ぶりにパーマをかけ、二年ぶりにカラーリングをした。そして仕事場へ出かけ、あちこちで「美容院へ行った！」報告をした。すると、誰もが口々に言うのである。それまでさんざん私のカットを褒めてくれていた人々が、言うのである。

「やっぱり、行ったほうが、いいよ」

ショックだった。鏡の前に立ち、そして気がついた。この二年、年相応の髪型をしていなかったのは、もしかして私だったのか。

file 5

アガワ、バブるの巻

大阪のリッツカールトンホテルに三泊四日滞在した。某月刊誌で連載している女検事を主人公にした小説を書くためだ。通常は東京の自宅で書くのだが、今回は内容的に難解な部分が多く、専門家に取材したり確認を取ったりしなければ、とうてい書き上げられそうにない。どうしよう。いつもこの連載の知恵袋となってくれている友達の女性検事ワイ子に相談したら、

「いっそ大阪に来て書いたらどう？　私もそのほうが時間を作りやすいし、直接会って話をしたほうが理解も早いでしょう」

なるほどごもっとも。では、どこのホテルがいいかしら。

「私の仕事場にいちばん近いのは、リッツカールトンかな」

あ、そうですか。ならばそこにいたしましょう。決断し、予約の電話をしたところ、なんだか高そうな気配。躊躇していたら、

file 5

アガワ、バブるの巻

「ええやん。必要経費でしょう。たまには小説書きのために散財しなさい！」

有能検事ワイ子に一喝され、それもそうだと覚悟を決める。いよいよ私もホテルに缶詰になって原稿を書く身となったか。なんだかいっぱしの小説家みたいだ。心が浮き立った。

とはいえ、遊びに行くのではない。部屋にこもって原稿を書くのが目的である。大切なのはいかにリラックスして原稿を書けるかだ。一日中、部屋にこもっているであろうから、できるだけ簡素で楽なTシャツとセーター、下はジャージ姿がよかろう。万一、外に出かけて食事をすることになったとしても、取材だから洒落る必要はない。ヒールの高い靴もいらない。アクセサリーも不要だ。

こうして私はいつにもまして「ラク」なパンツスタイルにヒールのないモコモコブーツを履いて、化粧もそこそこにリッツカールトンの玄関をくぐった。そのとたん、

「まずい……」

と気がついた。周囲のなんときらびやかなこと。時まさにクリスマスシーズンであった。パーティドレスに身を包んだ人々が、ホテルの豪華クリスマスツリーの前で記念写真を撮っている。中にはシンデレラ姫のようなロングドレスを着て

シャナリシャナリとロビーを歩き回っている一群もいる。その横を、まるで今、山から下りてきましたかのごときワイルドな姿で通り抜け、うつむきがちにチェックインする惨めさよ。

「いらっしゃいませ。お待ちしておりました」

ホテルマンはにこやかに迎えてくださるが、心の中で、「こいつ、このホテルに似合わない」と思っているのではないか。

「すみません、こんな格好で。仕事なんです、仕事」

聞かれもしないのに必死で言い訳し、肩身を狭くしつつようやく部屋へたどり着く。そこがまた、美しい大阪の夜景を見下ろせる高層階。なんとロマンティックではないかいな。でも私は原稿を書きに来たのだ。覚悟よろしくパソコンをセットする。

そして翌朝になりました。朝ご飯を食べに階下へ降りていく。パソコンに向かっているパッパラな格好はさすがに恥ずかしい。となると、一張羅《いっちょうら》しかないでしょう。しかたなく、前夜、新幹線に乗ってきたときと同じ服を着て新聞片手に降りていくと、

「おはようございます。お食事はバイキングになさいますか？」

丁寧に対応されるとなおさら身が縮む。「うむ」と頷き席を立ち、人となるべく目を合わせないようにして、種類豊富なサラダ、パンケーキ、ソーセージ、ついでにオムレツを皿に載せ、ひとり静かに朝食タイムを過ごす。さて会計の明細を見てみれば、

「なんと！　三千九百五十五円!?」

朝ご飯だけで四千円か。気づいたとたん、後悔する。もっとたくさん食べればよかった。

しかし、執筆は順調に進んだ。自宅より集中できる。電話もなければ訪問者もない。ときおり、「お掃除は？」とか「タオルの交換は？」とか、メイドさんが恐る恐る覗きにくる程度で、他は静かなものである。贅沢をした甲斐があったというものだ。

「どう、順調？　今夜、私の元上司と食事をするんだけど来ない？」

女検事のワイ子から誘われる。そんな偉い人と会うことになるとは計算外だった。はて何を着ていけばいいのやら。持っているものは今朝、朝食に着ていった格好しかない。

「じゃあ、買えば？　ドレスとか」

バブル世代のワイ子は大胆なことを言うけれど、冗談じゃない。ホテルだけで十分な贅沢三昧なのである。しかも原稿を抱えている。ショッピングなぞにかまけている時間はない。こうして私はまたもや一張羅のニットに楽チンパンツ、そしてモコモコブーツで、元検察庁のお偉い方々と、「どうもこんな格好で」。

しかし、お会いしたおかげで収穫はあった。ふむふむ、検察のお偉いさんって意外に気さくなんだ。小説の参考にさせていただこう。

で、三日目の朝もバイキング。四千円のもとを取るべく張り切って、サラダにパン、フルーツ、ジュース、サーモン、野菜の炒め物、オムレツに加え、ベーコン、ソーセージ、ハム、デザートと、ついでにご飯とシャケ。前日の倍ほどを皿に盛り、必死で食べたら食べ過ぎた。お腹がいっぱいで眠気が差す。

それでもなんとか原稿書きに励み、予定より一日早く書き上げることができた。

「だったら一日、大阪で遊んで帰れば？　おいしいもん食べようよ」

バブリー女検事ワイ子の誘惑にも負けず、とっとと東京へ帰ることにする。

「ありがとうございました。チェックアウトでございますね」

カードを差し出し、明細を見る。ギョッ。そうか、平日と土曜日では宿泊料金がこんなに違うのか。加えて朝食代が二日分で八千円近く……。ギョギョ。

再びみすぼらしき一張羅で新大阪から新幹線に乗り、ホッと一息。それにしてもこのたびは散財したものだ。でも部屋の滞在時間を考えればコストパフォーマンスは高い。シャワーもお風呂もぞんぶんに利用した。ふかふかタオルも石けんもシャンプーもたっぷり使った。いいのだ、いいのだ、これでいいのだと、自分に言い聞かせつつ、心のどこかに慚愧《ざんき》のかけらが浮遊する。東京へ帰ったらしばらくは質素に徹するぞ。ふと新幹線のチケットを見て、気がついた。私は品川で降りるつもりだが、先刻、新大阪駅のみどりの窓口で、「東京まで」とチケットを買ってしまった。なんともったいないことをしたことか。

「あ、すみません」

私は車掌さんを呼び止めた。

「これ、東京駅までの券を買ってしまったのですが、品川で降りるので……」

払い戻しをしてもらえないかと訊ねたのである。すると美しい車掌嬢、ニッコリ笑って私の切符を見つめてから、

「品川も東京も、料金は同じです」

まるで私の吝嗇《りんしょく》を見透かされたかのような優しいご解説。ああ、所詮、アガワの贅沢はここまでが限界か。

file 6

歩くエレガンス

つねづね私は自分の歩き方がどうにかならないものかと気に病んでいる。歩く姿はその人の人となりを表すと言われるが、それ以前に、私を含めて日本人女性は基本的に、高いヒールの靴を履いて歩くのが下手なのではあるまいか。

街中でよく見かける。ご自慢とお見受けするステキなハイヒールを履いているのに、一歩二歩と、踏み出すたびに膝が曲がり、腰は下がり、背中も丸まっている女性を。しかも、前に出る足のつま先は、常に内股気味ときたもんだ。これではせっかくの最新ファッションが、かえってみすぼらしく映る。もしもし、そこのお嬢さん、もう少しシャンと歩きなさいよ、シャンと。

明治以来、日本人が洋装になっていったいどれほどの歳月が経ったことか。生まれて初めてドレスをまとい西洋の靴を履いて鹿鳴館デビューをした小娘じゃあるまいし、そんなにヨレヨレ歩くぐらいなら、いっそ高いヒールを履かなければいいのに。まして最近の若者の体型は私の時代に比べたらはるかに西欧化している。膝の位置は高いし、なにより脚がまっすぐ健康的に伸びている。O脚やX脚がなんと減ったのかと感心することはしばしばだ。それなのに、歩き方だけは相変わらず、お世辞にも美しいとは言いがたい。かつてファッションデザイナーの芦田淳さんがおっしゃった。

「今の女性が歩き方や話し方を磨いたら、もっとエレガントになる、と僕は思うんですがねえ」

そうだそうだと私は意を強くした。

なんてね。そういう私がどれほどエレガントな歩き方をしているかといえば、できていないのですよ。だから情けないのだ。

気にはしている。人目のあるとき。カメラの前で。それこそよそゆきのドレスを着てレストランの入り口をくぐるときなど。颯爽と、エレガントに、つま先を少しだけ外向きにし、足の裏の土踏まずの内側あたりに力を入れ、内股をスリスリするぐらいにくっつけて、かつ肩に力を入れず余裕の笑みを浮かべながら……。が、すぐに忘れるのである。あら、遅刻だわ。うわ、時間がない。やだ、ショールがひっかかったよ。おっと急いでお手洗いへ行きましょう。おやおや、どっちの道へ行けばいいのかな……なんて、他のことに気を取られたとたんに、歩き方は本来の自分を取り戻す。

幼い頃、一度だけ母が歩き方を指導してくれたことがある。なぜそんな流れになったのかは記憶が定かでないのだが、ある日二歳上の兄と私の二人に、畳のヘリに沿ってまっすぐ歩くよう母が命じた。

「はい、じゃ、まずお兄ちゃんから」

兄は黒いヘリをつま先で踏むように、やや内股歩きをした。

「じゃ、今度は佐和子」

続いて私が歩いてみると、私はヘリの左右にかかとをつけて、外股歩きをしている。

「あら、お兄ちゃんは内股で、佐和子は外股だ」

母が笑った。私も驚いた。同じ兄妹でこんなに歩き方が違うのか。自分はこんな歩き方をしていたんだと、そのとき初めて知った。ただの外股歩きではない。かかとをつける場所が二本の線になる。以来、私は家族に、「二直線上の外股」と呼ばれるようになる。

歩き方について笑われたのはそのときだけではない。大学時代、先輩の男性に指摘されたことがある。

「アガワって、足が短いくせに大股で歩くよね。ほら、こんな感じ」

先輩はわざと膝を曲げ、腰を低い位置に固定して大股で歩いてみせた。たちまちまわりの友達がケラケラ笑い、「そうそう、アガワって、そんな感じ」とはやし立てるので、かなり傷ついた。でもたしかに私の歩き方は、そんな感じだったのだ。

以来、気をつけているつもりである。ちょっと油断するとああなるぞ。だからこそ、歩き方に意識を持っていかなくては。

しかし数年前から軽い腰痛を抱えるようになった。すると、また人に指摘された。

「その歩き方は、もしや腰痛でしょう」

どうやら私は背中を丸め、前屈みになって歩いていたらしい。

「腰痛持ちはたいがいその歩き方になってしまいます。でも実は、腰のためにはよくないんです」

「じゃ、どうすれば痛みを感じないで歩けるんですか」

訊ねると、教えてくれた方法がこうである。

まずおへそに力を入れる。続いてお尻の穴にも力を入れる。身体が天井から吊られているような気持で背筋を伸ばし、その姿勢で歩いてごらんなさい。

これはたしかに効果がある。つまりは腹筋を使って歩けば腰に余計な負担をかけないということだ。

しかし、この姿勢を実行したからとて、歩き方がエレガントになるかどうかは怪しい。もう一つ、なにかいい方法はないものか。

そう思っていた矢先、ファッションモデルの押切もえちゃんに会った。かねてより私は彼女の歩き方に魅了されている。あまた活躍するモデルさんの中でも抜群に美しく、しかも自然であると私は思う。スリッパを履いていても二十センチ近い高さのヒールを履いていても、ちっとも膝が曲がらず、表情もこわばらずフラつかず、たまらなく優雅で凛々しい。

「どうすればもえちゃんみたいにきれいに歩けるようになるの？」

するともえちゃん、ニコッと笑って、こうおっしゃった。

「足が、おへそのあたりから生えていると思ってみてください」

「生えてないけど」

「でも、生えていると思って歩いて」

するると、なんと自然に背筋が伸び、つま先がすっと前に出ることか。おお、なるほど。

「腕も同じ。肩からではなくて、首の付け根あたりから生えていると思って伸ばしてみて」

おお、なるほどなるほど。

錯覚とは恐ろしい。しかし錯覚は素晴らしい。なんだか知らないが、ムチムチ短い我が腕が、数センチほど伸びたような気がする。腰より上に足の付け根があると思い込めば、もえちゃんと同じくらいの足の長さになったような気分がする。ただの気分ではあるけれど、それだけで間違いなく一歩踏み出す足の出方が変わるのである。

よし、この感覚を常に覚えておくぞ。そう決意することが、日に一、二回。たいていは、二直線上の外股大股、せかせかバタバタ、腹出し腰曲がり。誰か目撃したら、どうか遠慮なく、注意してください。

file 7

老婆の心

ちょっとばかり景気が良くなってきた（ホントかいな？）せいか、最近、繁華街に人が増えたような気がする。去年の年末、街には驚くほどたくさんの人が溢れていた。年が明けたのちも連休前や週末の夜になると、けっこうな人出をしばしば見かける。二次会へ行く？ えー、どうしよぉ、といった感じで路上にたむろして、なにやら楽しそうである。

なんかバブルの頃みたい……。楽しいことはいいことだ。しかしこれが長く続くかどうかは怪しい。とは、老婆心ながらの余計な一言か。

関係ないが、おじいさんが余計な心配をしたときも、「老婆心ながら申し上げます」と言うのだろうか。なんで年寄りの心配を「おばあさんの心」と書くのか。「老婆心」を辞書で引くと、「（年とった女性が必要以上に気を遣うことから）自分の心遣いを、度を越しているかもしれないが、とへりくだっていう語」(『大辞林』)とある。おばあさんはいつも必要以上に心配をする癖があるのか。そのあいだ、おじいさんは何をしているのだろう。おじいさんのほうがけっこう心配性だと思うが。むしろおばあさんは、「まあ、なんとかなるんでねえの?」とアバウトに大らかに反応するケースが多いように思う。私がそうだからそう思うだけか。まあ、もともとは、子や孫に「忘れ物ない?」とか「ご飯食べたの?」とか、あれこれ心配するおばあちゃんの心境を例えて生まれた言葉であろうから、男性や若者が使ってもかまわないという説があるけれど、いずれにしても、老爺心という言葉がないのは不思議である。

話を戻す。

そんな昨今、レストランに入ってあたりをさりげなく見渡し、感心した。若い方々が、みなワイングラスを正しく握っている。昔、私が若い頃、あんなふうにワイングラスをきちんと持つことはできなかった。もっとも若い頃にワインなんか飲んでいなかったせいもあるけれど。

私がワイングラスの正しい持ち方を覚えたのは四十代になってからである。ワインブームがピークを迎えつつある時代、注がれたワインに鼻を突っ込んで、

「うーん、いい香り」とわかったようなわからないような感想を呟いたのち、グラスを持って口に近づけようとした瞬間、

「なんだ、その持ち方は！」

ワイン通の紳士に一喝された。

「へ？」

「ブランデーじゃないんだから。ワインのときは細い柄のところを持ちなさい」

改めて自らのグラスを持つ手を見てみれば、なるほど私はワインが入っている丸い器の部分を包むように持っていた。今にもポキンと折れそうな繊細な柄を握るなんて怖いですよ。器をしっかり手のひらで包み込むほうが安全だと思うのですが。抗弁する余地もなく、紳士は、そんな持ち方じゃ、ワインが手のぬくもりで温まって味が変化してしまうとご不満のご様子なのである。

「そういうものなんですか……」

以来、私はワインを飲むとき、恐る恐るながら細い柄を持つようになった。が、いつの頃からか、そんなことを敢えて意識せずとも自然に持てている。習慣というのは偉大だ。何度も繰り返しているうちに、無意識の動作に組み込まれるものらしい。だからレストランで見かける若者たちも、きっとどこかで学習したので

あろう。持ち方だけではない。その細い柄を指でつまんで、テーブルの上にて、あるいは手元に近づけて、クルクルクルクルッとグラスを回転させたりもしている。ほほお、お見事。

ことほどさようにワイン自体が日本人の食卓に馴染んできた証拠であろう。

思い返せばフォークやナイフとて日本人が緊張しないで使えるようになったのはごく最近ではないだろうか。私は高校時代、学校で教えられた。女学校だったせいもあるのか、一学年全員が学校から外へ連れ出され、白金迎賓館（現在の東京都庭園美術館）に赴いてフルコースの西洋料理をいただくという課外授業があった。その際、マナーの専門家らしき気取った年配の女性が長テーブルの前に立ち、一つ一つの料理の上品な食べ方やフォーク・ナイフの扱い方を指導してくださる。

「たくさん並んでいるフォークとナイフは外側から順に使っていくのです」

「白いナプキンは二つ折りにして膝の上に置き、口元を拭くときは四隅の一カ所を持ち上げて、人目につかないようさりげなく、ナプキンの内側を使って拭きなさい」

「食事の途中でナイフ・フォークを置くときは、お皿のヘリに八の字にして置くこと。まだ食べ終わっていないという印です。たとえ料理を残しても、もう食べ終わりましたという意思表示をしたいときは、ナイフ・フォークを揃えてお皿の中に斜めに置くこと。そうすればボーイさんが気づいてお皿を片付けてくれます」「使い終わって汚れたカトラリーはできるだけ、向かいの席の方の目につかない場所にそっと置きなさい」

昔のことはよく覚えている。最近のことはすぐ忘れるのにね。特にあの日の授業は印象的だった。何より衝撃を受けたのは、ナイフとフォークを使って一本の皮付きバナナ、そしてシュークリームを食べる方法と、「もし指輪をつけている場合は、お食事を召し上がりながら、さりげなく人の目に留まるように指を動かしたほうがよろしいでしょう」という専門家のお言葉であった。

え、つまり見せびらかすのもマナーの内ってこと？　驚いて友達と目を見合わせた。なんだか変。いやらしいよねえ。どう考えても私なんぞが将来、豪華な晩餐会などにお招きいただくような身分になるとは思えない。だいいち、そんな気の張る食事なんてまっぴらごめんだ。バナナなんて、手で持って皮を剝いて食らいつけばいいだけのことじゃないか。反抗心も相まって友達とクスクス笑いながら受けたマナー教室だったが、今、思い出すとあんな若い年頃にずいぶん貴重なことを教わったものだと感心する。そして、一度、教えられたことは、半分、ふざけながらも案外、心の片隅にしっかり刻まれているのだ。今でも高級なフレンチレストランへ行くたびに、あのときの先生の教えを思い起こし、ナイフを握るときはさりげなく、指輪の石をお向かいの方の目に留まるように手首をわざと動かしてみたくなる。スープを飲んだあと、汚れたスプーンをどこに置こうかと迷うたび、ふっとあの日のことを思い出す。

若い頃、なんでそんな現実的でもないことを覚えなきゃいけないのかと文句をつけていたけれど、歳を経ると、そういうことのほうが案外、身についていることに気づくのである。だから若い方々も、年配者のおせっかいな言葉を疎ましく思わず、ときには耳を傾けてちょうだいな。老婆心ながら申し上げますけれど。

file 8

買いもの嫌い

再び小説の原稿書きのため、四日間の大阪豪華ホテル缶詰生活を送って帰ってきた。必要経費だ、必要経費だ。自分に向かってなだめてみるが、この鬱々とした気持はどうにも晴れない。

「大丈夫。ホテルに泊まったおかげで今回もスピーディに書き上がったではないですか。それだけ集中できたってことですよ」

剛胆なる秘書アヤヤが優しく慰めてくれるけれど、なぜか悲しい。胸が苦しい。だいいち、ホテルの室料というものが、月によって季節によって曜日によって変わるのはどういうことだ。祝日と平日の値段の差もはなはだしい。

「なんでなの？　泊まる部屋の広さは変わらないのにさ！」

ふてくされると、秘書アヤヤ、

「それが需要と供給の仕組みというものです。飛行機の運賃だってそうでしょう。

シーズンオフとオンではぜんぜん値段が違いますから」

そりゃわかってますよ、わかってますけどね。せめてその差を千円とか二千円にしてもらいたい。たった一日にして一万円以上も料金が違うってどういうこと？　ああ、なんで休日に泊まってしまったんだろう。こんなことならさっさと宿を引き上げて、最後だけでもウチで書けばよかった。ウチで書けば無料だった。ああ、切ない。ああ、悔しい。

しかも出費は宿泊料だけに留まらない。食事代が加算される。原稿締め切り切迫の折、大阪の街中に出てのんびり食事をしている心の余裕がないので、ついホテル内のレストランで済ませようと思う。朝はもちろん、バイキング。昼食は抜いた（節約するためではない。もともと一日二食を常としているからだ）けれど、さすがに夜はお腹が空く。日が暮れた頃、書くのに一段落つけておもむろに部屋を出る。階下のレストランフロアに赴くと、魅力的な中華レストラン、天ぷらカウンター、寿司カウンター、フレンチ、イタリアンなどが軒を並べている。

「いらっしゃいませ、アガワさま」

親愛に満ちたホテルスタッフの名指し付き出迎えを受けたとたん、たちまち気が大きくなり、

「ま、いっか。今日はよく働いた。おいしいものを食べようっと」

メニューを開けてあれやこれや注文し、最後に「お部屋付けにしておきましょうか」と問われると、「ああ、そうしてください」。

富豪にでもなった気分でそう答え、席を辞す。そのツケがチェックアウトの際に明らかにされることを、その時点ではまだ、さして認識していない。

最終日の朝、フロントのカウンターで手渡された明細書に目を通し、「冷蔵庫のご利用は？」と問われる声に、

「ありません！　開けてもいません！」

きっぱり答える声が震えていないか不安になりつつ、明細書をもう一度、頭からいちばん下までくまなく読み直す。

「エーーーーーーーーーーーッ！」

大声で叫びたい衝動をなんとかおさえ、

「ではこれで」

自らのクレジットカードを差し出して、その場はポーカーフェイスで乗り切る。

ショックはその後、時間が経つにつれてじわじわと心の奥に響いてくる。なぜあのとき、ワインのおかわりをしてしまったのだろう。どうしてあの晩、さほど

file 8

買いもの嫌い

お腹が空いていなかったのに一皿多く注文してしまったのか。

悔やんで憂いて嘆くうち、この気持、過去にも味わったことを思い出す。

あれはたしか、中学一年か二年生の春だった。他校の学園祭へ行った帰りの夕方、ふと、財布を覗いて仰天した。何度計算してみても、千円減っている。

「今日一日で、千円を使ったのか」

事実が判明したとたん、涙がじわじわとまぶたに溢れてきた。今から半世紀近く昔のことである。月のお小遣いが三百円だった身の上で、たった一日にして千円を、それもまとまった何かを買ったなら納得もいくところ、ただダラダラと、屋台のホットドッグを食べたり飲み物を買ったり小物に費やしたりしているうち、気づいたら使い切っていた。そのショックがあまりにも大きくて、その夜、かたく心に誓ったのを覚えている。

「今後、ぜったいに無駄遣いはしないぞ」

私の子供時代はまだ、戦争中の「贅沢は敵だ！」精神が世の中にしっかりと根付いていた。そういう教育を受けて育った世代である。

さらに遡れば、幼少の時代、どなたかにイチゴをいただいた帰りに私が、「ああ、これを生クリームで食べたいな」とちょろっと呟いた。そのとたん、父が激怒した。

「なんという贅沢な娘だ。どういうつもりだ。いったい誰のおかげで生きていられると思ってるんだ！」

「もう言いません。二度と言いません！」

私は泣きながら父に謝った。本当は牛乳が嫌いだからイチゴミルクで食べるより、当時、めったに食べられなかったイチゴのショートケーキのように生クリームを添えて食べたいと思っただけなのだが、そんなことを口にするのはとんでもないわがままなんだと悟った瞬間だった。そのとき「贅沢は敵だ！」という言葉が私の頭の中をたしかに駆け巡った覚えがある。

幼少の経験は人生に多大なる影響を与えるものだ。あのときの恐怖が蘇るせいか、その後ずっと、私は「浪費」ということに対して過度な罪悪感を覚える。長じてなお、親の経済的支援を脱して自分で稼ぐ身になってみても、吝嗇の癖は抜けない。

「信じられない。私なんて買いものすればするほど、どんどん元気になるけどね」

そういうオンナが私のまわりにもわんさかいる。が、私は買いものをすればするほど、嬉しい半面、みるみる気が滅入ってくるのである。はたしてこんなもの、買う必要があったのかしらという思いでいっぱいになるのだ。

決して買いものが嫌いなわけではない。ときどき衝動的に高価なものを買うこともある。値の張るレストランで思い切り散財して、おおいに満足する夜もある。ただそういう散財がしばらく続くと、ダメなのだ。とてつもなく悪いことをしたような気分に陥って、そして涙が流れてくる。

「あーん、もうしません。浪費はしばらく控えます」

手を合わせてそう誓うと、秘書アヤヤが横で笑いながら言いおった。

「でも、今のうちに買っておいたほうが得ですよ。消費税が上がった後に買ったら、もっと泣きますよ」

file 9

出す力

いよいよ夏が近づいてきた。懸案の問題は結論が出ないまま保留されている。さてどうしたものかと思案していると、折しもファッションデザイナーの島田順子さんにお会いする機会を得た。そこで私は果敢にも、ぶつけてみることにした。「あの、けっこう若くない我々の年代の膝出し問題について、なにかアドバイスはありますか?」

島田さんはパリ在住。もはや七十代も半ばになられるが、次々に出版される豪華写真付きのご著書を拝見すると、その若々しいファッションスタイルに「ホエー」と思わず声をあげたくなる。御髪はほぼ真っ白に近く、その長い髪の毛をふんわり頭の後ろにまとめられ、日焼けをものともせずといった健康的なお肌で気持よさそうに笑い、そしてふんだんに登場する素足の膝出しミニワンピース姿の潔さ。

「そりゃ、気にならないわけじゃないわよ。私の膝だってもうシワシワ、タルタルだもの。でもまあ、自分には見えないから、いいんじゃない?」

これだ! たちまち目の前に光が射した。立っているとき、自分の膝のシワは見えないのである。座ったときには見えるだろうが、そのとき膝小僧のシワはお行儀よくも、伸びている。だから「シワたるみはなかったかもしれない」と思い込むことができる。これぞマダムの強みというものだ。豊かな経験に基づくみごとな「踏ん切り」といえるのではないか。

踏ん切りは大事だ。踏ん切りがなければ、なにもできない。私自身も、たとえば生番組の進行役とか大ホールでの司会とか、インタビューの直前でさえ、まもなく本番という段になると胃も心臓もバクバクキリキリ痛み出し、どうしてこんな仕事を引き受けたかと後悔の嵐が頭を駆け巡る。が、「どうしようどうしよう」と騒ぐうちにも時間は無慈悲に過ぎていく。本番まであと五分。あと二分……。そのあたりから、

「ええい、もうなるようにしかならんぞ」

痛む胃を押さえながら自分を叱咤する。そして無理やり笑顔を作り、最初の一歩を踏み出すのである。これを私は「踏ん切り」と呼ぶ。別名、「開き直り」と

もいう。

でも「開き直り」は「踏ん切り」とはちょっと違うかもしれませんね。「踏ん切り」は前向きな覚悟に近いが、「開き直り」には少々やけっぱち要素が加わる。どちらかといえば、私は「開き直り」系の言葉を吐くことのほうが多いが、だからといって「どうでもいい！」と思っているわけではない。今まで準備してきた自分を信じ、準備の間に合わなかった自分を許し、四の五の言わずに当たってくだけようと決意するのである。それで失敗したら仕方がない。反省し、次の挑戦への糧にすればいい。

それはさておき、膝問題である。膝への準備といえば、クリームをぬるとか、普段より膝の筋肉を鍛えておくとか、いろいろある。でも、どう頑張ったところで十代の膝には戻れない。となれば、その老練なる膝の目撃者を、「あら、膝のシワシワが気にならないほど、ステキな人！」と錯覚・誤解させることが必要である。長く生きてきて、あちこちガタが来て、シワしみのみならず、肉はたるみ、腰は痛み、姿勢は崩れ、それでもなお、「ステキ！」と思わせる方法はどこにあるかと問われれば、それは、「堂々」とした心の持ちようであろう。堂々とすればいいのだ。

相手を思わず黙らせるだけの、「堂々！」。

これを鍛えることが大切だ。筋肉を鍛えるよりよほど容易で、しかもスポーツジムへ行って無駄な浪費をしなくてすむ。まず丹田に力を入れ、肩の力は抜いて、ほのかな笑みを浮かべつつ、こう言ってやればいい。

「シワ、あるけど、なにか？」

「たるみ？　増えたけど、だから？」

この「堂々」が少しでも衰えると、たちまち表情に表れる。

「いやん、そんなにまじまじと見ないでくださいよ。シワシワなんだから」

「もう恥ずかしいわ、こんなにたるんじゃって」

その手の謙虚な対応を日本人女性は長らく求められてきた。謙遜することが美徳と教えられてきた。でも、本人がそこまで謙《へりくだ》ったとたん、相手は心の中で密かに感じていた事実を再認識し、口外してよいという許可を得たと了解し、そして人の弱みに容赦なくつけ込んでくるのだ。

「ホントだ、シワシワだ」

あるとき私は、膝ではないが、太い二の腕を露出してミニコンサートの司会を務めた。夜のライブである。多少、フォーマルな格好のほうがよかろうと思い、ノースリーブの黒いドレスを着た。腕をショールやカーディガンで隠すこともできたが、なんとなく野暮くさくなる気がした。ええい、ままよ。たまには思い切って出してやれ。

「大丈夫よ、アガワさん。腕、そんなに太くないって」

心優しいスタッフの言葉に勇気づけられて、太い腕でマイクを握り、太い腕を広げてコンサートを無事に終了させた。舞台を降りると、

「一緒に写真撮ってもいいですか?」

妙齢のおばさまから声がかかった。私の本や番組のファンだと言ってくださる。嬉しくなり、機嫌よく答えた。

「もちろんです。あ、でもちょっと待って。カーディガンを着ますね。太い二の腕が写真に残るのも恥ずかしいから」

そう言ったとたん、

「ホント、アガワさんの腕、太いんでびっくりしちゃった。それは隠したほうがいいわ。なるべく出さないほうがいい!」

ビシッとご助言くださった。「はあ、どうも」と笑って返したが、そのあと少し傷ついた。今思えば、あのとき無用に謙遜したのがいけなかったのではないか。

「太いですが、なにか？」

「フォーマルドレスはノースリーブのほうが断然カッコいいんですよ」

強気に出ればよかった。が、私にはそれができなかった。

膝も腕も同様であろう。出したが勝ち。出したのち、卑屈にならず、堂々としていればいいのだ。そうすれば、誰もが「カッコい～い」と勘違いしてくれる……はず。

「よし！」

決心はしてある。あとは実行のみ。でもちょっと待ってね。今、私はプールの飛び込み台の端に立つ小学三年生の気分である。

file 10

サングラスと老眼鏡

このところ、どうも目の調子がよろしくない。モノがボヤけ、ことに朝方は焦点を合わせようとするほどに涙でにじむ。老眼鏡のあるなしにかかわらず、ときに痒く、ときにショボショボ、ときにまぶたの奥がズキズキ痛む。

「それは間違いなくドライアイですよ」

と確信を持って言う人がいるかと思えば、

「もしかして花粉症なんじゃない?」

と嬉しそうに怪しむ者あり、はたまた、

「ただの老化現象だよ」

と笑う輩もいる。

一億総評論家の時代である。いずれの意見も正しいのだろう。還暦を過ぎれば目の不具合ぐらい起こるのが当たり前だ。まして職業柄、目の酷使は避けられない。

　もともと視力はいいほうだった。子供時代に二・〇を記録したこともある。その反動か、老眼になるのは早かった。四十歳の頃、新聞を読んでいたら友達に「ずいぶん離して読むんだねえ」と訝《いぶか》られ、ああ、始まったかと自覚したのを覚えている。その後の進行はゆっくりであったが、あれから二十年。今や眼鏡なくしてあらゆる文字は読めない。

　ついでながら、私は若い頃から乱視の気もあった。この乱視というのも難物で、聞くところによると老化するらしい。かつて養老孟司さんに指摘されて驚いた。

「乱視ってのはね、つまり目に寄るシワのことだから。シワのせいで乱反射するんだよ」

　あ、そうなんですか。私は目尻のみならず、眼球にもシワが寄りやすいタチだったのか。乱視の老化も徐々に進行し、今は近くだけでなく遠い景色もぼちぼち乱れつつある。

　さて、老眼になってなにより困るのは、シャンプーとリンスの区別がつかないことである。どうして世の中の商品というものは、イヤミかと思うほど文字を小さくするのだろう。街なかの看板は、「洋服の○○」とか「○○薬局」とか、そこまで大きくしなくてもいいだろうと呆れるほど文字を大きくするくせに、小洒落た商品、ことに音楽関係グッズや広告デザイナー方面の名刺やお洒落な説明書きなどは、いずれも「あんたたち年寄りを相手にしてませんから」と言わんばかりの文字の小ささである。ああ、そうですか。じゃ、買いませんよ。と、啖呵《たんか》を切るほど気が強くないから、不満に思いつつ眼鏡をかけて必死で読むが、シャンプー・リンス類は如何ともしがたい。

あえて申し上げますが、お風呂に眼鏡をかけては入らないのですよ。ついでに湯気と水滴で、いつも以上に見えづらいのですよ。それなのにあの容器にプリントされた「シャンプー」「コンディショナー」という文字の、なんと謙虚な佇まい。私は何度、髪の毛を洗ったことでしょう。洗い流し、ぬめり気をようやく落とし、さあ、リンスをしましょうと、掌《てのひら》にドロンとした液体を取り、頭髪にからめたとたん、

「なんで泡立つのよ！」

おかげで三回、シャンプーしたことがある。

シャンプー業界のデザイナーの皆さんにお願いしたい。たった一文字、容器の腹に特大のフォントで「S」と書いてはくださらないものか。たった一文字、「C」

file 10

サングラスと老眼鏡

と書いてくだされば、それでいいのです。あとの注意書きや説明は、どんなに小さな文字でもけっこうです。どうせお風呂の中では読みませんし。そうすれば、この高齢化時代、どれほどのオバサン、オジサン、オバアサン、オジイサンが喜ぶことでしょう。どれほど多くの消費者を獲得できると思われますか。ご一考いただければ幸いなり。

書こうと思っていたのはシャンプーの話ではなかった。

でね。あるとき「目も日焼けする」という話を聞いて、それはごもっともと合点した。たしかにこの夏の季節、ゴルフをして帰ってくると、いつにもまして目がショボショボショボすることを実感したからだ。そこで思いついた。

「サングラスだ！」

サングラスを持っていないわけではない。若い頃から買い重ねてきたものを合計すれば三つ四つは持っている。けれどなかなか、かける勇気が出ない。どこかの女優や有名人のように、サングラスをかけて新幹線に乗ったり街を歩いたりしてみたいという願望はある。顔が割れないと人混みを歩くのが楽になるらしい。しかし、そこがどうも昔から疑問である。芸能人は顔が知られないためにかけるらしいが、サングラスをかけているほうが却って目立ちませんかねえ。しかも最近の有名人はサングラスに加えてマスクをなさる。ますます目立つと思うが、どうなんでしょうねえ。

でも、サングラスが女性、ことに顔が知られている商売の人間にとって便利なのは、スッピンでも外出できる点である。これはかけるに当たって、恥ずかしさを乗り越える捨てがたい口実となる。そこへ加えて「目の日焼け問題」が発覚した。

「そうだそうだ。これで堂々とかけられる！」

サングラスが必要だと思ったとたん、新しいのが欲しくなった。たまたま入った眼鏡屋さんで、蔓《つる》の部分がカラフルな、大ぶりの洒落たサングラスを見つけ、一目惚れした。試しにかけてみると、「あら、お似合い！」。店のおねえさんのひと言も背中を押した。まさに衝動買いだった。高かったけれど、これでサングラス生活を確固たるものにさせられる。しかし、ここで新たな問題が発生した。

ますますモノが見えなくなったのである。当たり前のことながら、サングラスをかけると景色が暗くなる。老眼は、暗くなるとさらに視力を落とす。

たとえばサングラスをかけて運転をしようとする。ナビの画面がまったく見えない。そこでサングラスを外す。サングラスを傍らに置き、老眼鏡にかけ直す。よし、これで目的地をセットした。老眼鏡をかけたまま運転を開始しようとする。すると今度はフロントガラス前方の景色がぼけている。慌てて老眼鏡を外す。たちまち日差しの強さに驚いて傍らに置いたサングラスをかける。が、運転するうちに、ナビを見直す必要が出てくる。そこでサングラスを頭の上にのせ、老眼鏡をかける。よし、わかったぞとハンドル握って前方を見れば、景色がぼける。太陽がまぶしい。サングラスをかける。そのうち、頭に老眼鏡、目にサングラスをかけたまま、車を止めて人に会う。シャツの胸元にサングラスをひっかけ、手に老眼鏡を持ち、どちらを目にかけて、どちらを頭にのせればよいのやら。さっき、どちらをバッグに入れて、どちらを机に置いたのか。どの眼鏡がどこにあり、サングラスをどこに仕舞ったか。こうして私は日がな一日、叫び続けるのであった。

「眼鏡！　サングラス！」

書いているだけで、くたびれた。

file 11

うだうだ旅

夏だ。どこかへ行きたい！

衝動的にそう思い立つまでは若い頃と変わらないが、若い頃と違うのは、しばし考え、まもなく「やっぱりやめた」と諦め気分に陥ってしまうところである。

こういう時季に行きたい場所は重なるものだ。海、山、高原、ハワイ、バリ島、北海道……。暑いかもしれないけれど、香港、台湾、パリ、フィレンツェ、ロンドン。いいなあ、楽しいだろうなあと空想を膨らませつつ、同時に人混みの映像が頭にちらつく。さらに、長旅の疲れ、時差による寝不足。ここぞとばかりに飽食した末の胃もたれ、胃けいれん、膨満感。ここぞとばかりに歩き回った末の靴ずれ、足のむくみ、腰痛、座骨神経痛。お金を使いすぎて不安になり、買いものしすぎてスーツケースが閉まらない。そんなこんなを想像しただけで、どっと疲れが出る。ならばいっそ、人々の出払った都会に留まろう。そのほうがよほどのんびりできるかもしれない。そうしよう、そうしよう。

決心した頃、テレビにハワイの映像が流れたりする。雑誌にバリ島の豪華ホテルの写真が載っていたりする。たくさん働いたのだから、夏ぐらい、波音に耳を傾けてのんびり過ごしなさい。人生はそんなに長くないんですよ、ほら、楽しまなきゃ。いらっちゃい、いらっちゃい！　フラダンサーのおばさんが手招きしながらニッコリ笑いかけてくる。そのふくよかな笑顔を見たとたん、たちまち旅行欲が蘇り、家でぐだぐだ過ごすのがもったいなくなってきた。思えば去年はまとまった休みを取ることができなかった。旅をする暇のないままに秋が訪れた。

「よし！　今年は行くぞ！」

私は自らを叱咤した。夏が来る少し前に意を決したのである。断固として「夏休み」を取るぞ。

私のようないわゆる自営業の人間にとって夏休みというものは、自分で作らないかぎり、訪れない。

「今のうちから周辺に宣言しておきましょう。一週間は仕事をせずに夏休みを取りますと。ぐずぐずしていると、どんどん仕事が入っちゃいますよ。さあ、どの一週間にしますか、どうするどうする？」

秘書アヤヤが私の心の内を慮《おもんぱか》って発破をかけてくれる。急かされて、脅されて、だんだん気分が乗ってきた。

二十年ほど昔、今と同様に仕事が立て込んでいた時期がある。どこかで発散させないと気分が鬱屈してしまう。よし、思い切って海外旅行に出かけよう。なんとか休みを捻出し、スペインへの旅を企んだ。ちょうど女友達がスペインに住んでいたので、彼女に案内してもらえば、気楽に休暇を楽しむことができると考えた。

「どこか行きたいところ、ある？　何かスペインでしたいことある？」

事前に女友達から問われたので、

「別にない。とにかくボーッとしたい。時間を気にせずに過ごしたい」

そう答えると、

「わかった。私に任せて！」

彼女はスペイン沖に浮かぶ島巡りを計画してくれた。イビサ島とマジョルカ島。最高のプランだ。さてそこで何をするか。ホテルのプールにプカプカ浮遊し、海岸へ出て、トップレスで横たわる美しきヨーロッパ女性の肢体をチラチラ見ながら日光浴をし、カクテル片手に夕日を見送り、夜はおいしいパエリアを満喫。名

file 11

うだうだ旅

所旧跡はいっさい訪れず、ショパンとジョルジュ・サンドの家を一瞥することなく島をあとにした。あの長閑《のどか》な旅のことは今でも忘れない。

それから十年ほどのち……、だいたい十年周期ぐらいで大規模発散欲求が募るようだ。その旅の主たる目的は講演仕事だったけれど、後半の日程には何も予定が入っていなかった。

「講演のお礼にハワイ島のホテル二泊。どうかゆったりお過ごしください」

なんと贅沢な。主催者の粋な計らいに心はウキウキである。そして到着したのはまさにリゾートホテル。客室は敷地内に点在するバンガロー風の造りになっていて、正面のガラス戸を開けて広がる青い海が、まるで自分だけのもののよう。ゴルフカートのような乗り物で部屋まで送ってくれたアロハシャツ姿のホテルマンが、

「ウエルカム トゥー ハワイイ。何泊のご予定ですか?」

にこやかな問いに、二泊三日と答えたとたん、まつげの長い愛らしい瞳が見開かれた。

「オンリー トゥー デイズ?」

それから延々、なぜ日本人はそんなに働きたいんだ。普通のお客さんはだいた

い一週間から二週間の予定でここに滞在するよ。たった二日ではリフレッシュにならないでしょうと、さんざんに呆れられた。

ホントだよねえ。情けないよねえ。眉をひそめて同意はするが、ならば滞在を一週間、引き延ばすかと聞かれたら、

「それは無理なんです」

ついそう答えてしまう我が身のせせこましさ。ホテルマンの同情に満ちた顔と、部屋の前のビーチに出て、デッキチェアで日が暮れるまでトロトロウトウトした午後のけだるさと幸福感。そのとき決意したはずだった。くだんのホテルマンの言うとおり、今後の人生、せめて年に一度の一週間くらいは、こんなトロトロうだうだ旅をしなきゃいけないと。

あれから幾星霜。いったい何度、実現できたことだろう。ろくにうだうだしていない。

そういえば地中海豪華客船の旅というのも経験したっけ。船の上から見える景色は海だけなんてさぞや退屈だろうと、出かける前は悲観的に考えていたけれど、乗ってみれば時間を持て余す暇もないほどに、三度の食事もイベントもカジノもデッキ上のジャグジーバスもカクテルタイムも寄港地観光も、こよなく楽しかっ

た。なかでも気に入ったのは海のかなたに沈む太陽の美しさである。基本的に私は夕日が好きなのだ。あの堂々たるオレンジ色の太陽を眺めれば、それこそ日常の憂さは一気に晴れる。これぞ旅の醍醐味と感動したものだった。

過去の優雅な旅の記憶がぽつりぽつりと蘇ってきた。自宅のベランダの椅子に座って思い出す。低層階の南東向き。海も夕日も望めない。そのかわり、カラスとヒヨドリの騒ぐ声が聞こえてくる。夕暮れどき、湿度は高いが、ときおり吹く風はまだ心地よい。そろそろお腹が空いてきた。チーズをつまみにビールでも飲むか。それもまた悪くない。だったらいっそ、もはや疲れる旅に出なくてもいいかしら。と、またもやセコい考えが頭をよぎる。

file 12

人に音あり

私が聞き手を務めるテレビのトーク番組では、毎回、ゲストに音楽を選んでいただくことになっている。一曲目はその人にとって「今でも記憶に残る曲」、二曲目が「今、心に響く曲」である。その二曲をスタジオで流し、音楽にまつわる思い出やエピソードをゲストに語っていただく。

この曲を聴くと、芸人への夢を抱きながら上京した日のことを思い出す人。小さい頃、この曲がずっと家の中で流れていたという人。なかには、その曲を聴くたびに辛かった修業時代が蘇って胸が苦しくなるという人もいる。

それぞれの人間には、それぞれの人生の記憶と重なる音楽があるものだと、ゲストの選曲を聴きながら、つくづく思う。

ではアガワさん、あなたにとって「今でも記憶に残る曲」や「今、心に響く曲」はなんですか。そう質問されることはしばしばだ。いつも人様には選んできてくださいとお願いする身でありながら、改めて自分にその問いが返ってくると、戸惑い、迷い、決めかねる。

初めてアメリカのロサンジェルスを訪れたとき、カーラジオから流れていたトランペット曲は、今でも口ずさむことができて、同時にアメリカ西海岸の広々とした景色が蘇るが、なんという曲名だったかはとんと思い出せない。PPMにもカーペンターズにもアン・マレーにもキャロル・キングにもリンダ・ロンシュタットにも、それぞれの思い出とそれぞれの歌声に付随する景色がある。さて、どれに絞ったものか……。

記憶にあるかぎり、最初に覚えた日本の流行歌は、「若いお巡りさん」である。この曲がヒットしたのは昭和三十一年だそうだから、私はまだ三歳だった計算になる。当時、両親の事情で私と兄は広島の伯父宅にしばらく預けられていた。その家に家事手伝いに来ていたタコねえちゃん（本名は久子さん）が私を背中におぶってよくこの歌を歌ってくれたものだ。若いお巡りさんが公園の見回りをしていて、アベック（なんて言葉も古いか）に「そろそろお帰りなさい。ここらは最近、物騒だからね」と注意する。「もーしもーしベンチでささやく……」という歌の出だしを、「もーしもーしベンキでサカヤク」と、タコねえちゃんの声に合わせて歌っていたのを覚えている。

もはやこの歌を知っている人は少ないだろうけれど、余談ながら、ピンク・レディーの「ペッパー警部」はこの歌がヒントになって生まれたという。後年、作詞をした阿久悠さんにその逸話を伺ったときは驚いた。

話は突然、飛びますが、小学六年生のとき私は私立の女学校を目指して受験勉強に励んでいた。というのは半分嘘で、励みたくない気持が強く、鬱々としていたというほうが正しい。そんなとき、母が映画を観に行ってきなさいと言い出す。オードリー・ヘップバーン主演の『マイ・フェア・レディ』である。実はこのミュージカルのブロードウェイ版のレコードは私が小学校へ上がる以前から家にあり、頻繁に聴いていたので、英語の歌詞の意味はわからずとも、ほとんどすべての曲に耳馴染んでいた。その熟知していたメロディが、新宿の映画館で突然、映像と重なった。色とりどりの花々のアップとともに序曲が始まるところから、花売り娘のイライザが「素敵じゃない?」を歌うシーン、男たちのコーラスで「運が良けりゃ」が流れ始めたとたん、ああ、こういう物語のこういう歌だったのかと初めて知って、たちまち虜になった。主演のオードリー・ヘップバーンにもヒギンズ教授役のレックス・ハリソンにもストーリー展開にもファッションにも、もちろんすべての音楽にも。そして、もし念願かなって憧れの女学校に合格した暁には、必ず歌おうと心に決めたのが、「踊り明かそう」だったのである。

数カ月後、私は夢を果たした。巨大な掲示板の中に私の受験番号を見つけた直後から、私は両手を広げて歌い出した。そばを見知らぬ人が通り過ぎるときだけ少し音量を下げ、誰もいない路地に入って声を張り、気分はすっかりイライザであった。今でも「踊り明かそう」を聴くと、受験に合格した日の「人生はバラ色だ！」と思い込んだ瞬間の喜びが蘇る。若かったのね。

人生のバラ色が長続きしないことを悟ったのは二十代半ばである。私は幾多のお見合いに励み、幾多の失望に心を苛まれていた。あるとき、ある男性とお見合いをした。二軒目のカウンターバーに並んで座って、さほど盛り上がることのない会話を交わしていたとき、突然、お相手の男性が声を発した。

「僕は、音楽の中で『乙女の祈り』がいちばん好きなんです！」

「へっ？」と私は驚いた。決して話し上手とも、女性の扱いに慣れた人とも思えなかったその人が、唐突に自分の音楽の趣味を力強く主張したのである。しかも大好きな音楽が「乙女の祈り」と言われて、私はなんと応えればいいのでしょう。そもそも「乙女の祈り」ってピアノの練習曲でしょう。そんな曲がいちばん好きなの？　うーん、趣味合わない。そのとき私はきっぱりと、「ダメだ、こりゃ」と判断したのを覚えている。人生の伴侶はこの人ではないと決めたのに、不思議にあの晩のことが忘れられない。唐突発言をされたバーの雰囲気や、見合い相手のぎこちない手の動きや、そのあと、「じゃあ」と握手を交わして店の前で別れたときの夜の街の光景などが、おぼろげながら今でも記憶から離れない。そして、「乙女の祈り」を聴くたびに、あの人は今頃どうしているだろうかと、妙に笑いがこみ上げてくる。

今、私が「あなたの心に響く曲は？」と聞かれたら、挙げたい曲が一つある。レキシという、おじさんなんだかおにいさんなんだかわからない歴史好きらしきアフロヘアのミュージシャンが歌う？・語る？・「TaKeDa' feat. ニセレキシ」という曲である。ごく最近、その存在を知り、ひと耳惚れした。なんだこりゃ、と感動した。かいつまんで説明すると、武田勝頼が織田信長に負けて馬を置き去りにして逃げた話を、インド楽器のタブラの音色に合わせてラップ調に綴られた歌なのだが、これが実にいい。笑い転げて何度も聴くうち、少しずつ哀愁も感じられるようになり、さらに聴くうち、我が身からその言葉のリズムが離れなくなり、しまいには、何をやっても、「TaKeDa～」調になってしまう有様だ。たとえば、

人に音あり

原稿が書けたとき、

「アガワ、書けたぞ。アガワ、書けたな。アガワ、げんこ、書けて　うれしいな」

といった調子である。一度もこの曲を聴いたことのない人にこんな話をしても、ちっとも面白くないだろうけれど、暇を持て余している読者がいたら、どうか一度、聴いてみてほしい。保証するつもりはないが、もしかすると日常の憂さや細々した苛立ちやため息をつきたくなるような疲労感が吹き飛ぶかもしれない。でも来月、「アガワさんの心に響く曲を一曲！」と問われたとき、はたしてこの曲を選ぶかどうかは定かでないけどね。

file 13

思い出アクセサリー

何かしなければいけないときにかぎって、余計なことをしたくなる。この習性は子どもの頃からちっとも変わらない。

試験勉強をするべき時期なのに、マニキュアをつけ始めたり部屋の片づけを始めたり、試験のための調べものをしようと思って本棚を漁るうち、普段はたいして興味も向けない小説本にはまって本棚を背に床に座り込み、明け方まで読みふけってしまったり、急にケーキを焼きたい衝動に駆られたり……。

今回もそうだった。原稿書きに飽き、ささやかな気晴らしと思って洗面所の、アクセサリーをしまってある棚を覗いたら、気に入りのピアスが片方、見つからないことに気づく。どこへ行った？　おかしいな。気になる。こんなことをしている場合じゃない。でも気になる。捜索の手が止まらない。薄暗い棚をしばらくゴソゴソ漁ってみたが、ちっとも発見できないので、ええい、ままよと、アクセサリーを収納している小皿、小箱、ピルケース、箱、箱、箱のすべてを引きずり出し、床に広げて徹底的に整理し直すことにする。と、驚いた。こんなイヤリングがあったとは。すっかり忘れていた。四十年ほど昔にちょっとばかりおつきあいしていたボーイフレンドからヨーロッパ旅行のお土産にもらった小さなハート型をした七宝のイヤリングである。そののち、その人とはお別れしたが、いただいたイヤリングは長い年月、愛用した。

この問題については意見が分かれるところかと思われるけれど、皆さんは、恋人と別れたら、その人からプレゼントされたものを処分しますか。それとも捨てずに取っておきますか?

私は圧倒的に後者のタイプである。だって捨てるのはもったいないでしょう。そのモノに男女離別の責任はない。頂戴し、気に入って、たしかに最初は「彼からもらった」というきっかけにおける愛着であるけれど、だんだん私独自の愛着に成長して、独自の思い出を育んでいく。だから別れて幾星霜、たとえば偶然にもその男性に再会したとき、「あのとき、私にくださったイヤリング、覚えてる?ずっと大事にしているのよ」なんて、そんな思わせぶりなことをしてやろうなどという魂胆は、さらさらない……と思う。ただひたすら、そのイヤリングが好きなのである。

　と言いつつ、その後、耳に穴を開けた。二十年以上前のことである。つまりピアスをするようになった途端、イヤリングからはすっかり心と耳が離れた。よって、愛と情熱に満ちたハートイヤリングは、戸棚の底に姿を消したというわけだ。あら、あったのね。久しぶりにためつすがめつしてみると、なんともいえぬ懐かしさがこみ上げる。たまには耳につけてみようかしら。そういえばあの方は、今頃どうしていらっしゃることか。すっかり白髪のおじいちゃんだろうね。こちらがおばあちゃんなんだから、無理もない。

　さて、捜索活動を再開する。小箱を開けると、最近、はめなくなった指輪がゴロゴロ出てきた。どれも繊細なデザインのものばかりだ。値段も一万円に満たないシロモノである。若い頃は、こういう細くて可憐で安価な指輪が好きだった。豪華な石なんてついていないほうがいい。そんなオバサン好みの指輪なんてまっぴらだ。

　三十代半ば頃だったろうか。初めてテレビの取材でシンガポールを訪れた。取材を終え、最後の夜に自分への思い出にと思って宝石店の扉をくぐった。店の人があれこれと、ルビーやサファイアやトパーズのついたデコラティブな指輪を勧めてくれる。が、私はひたすら言い張った。

「もっと可愛い、小さな石がさりげなく光っているような指輪が欲しいんですけど」

さんざん迷って最後に購入したのは、直径二ミリほどの極小ルビーのついた十四金の指輪である。それでも当時の私にとっては高価な買い物だった。生涯、大事にしよう。だって私の人生で初めてのルビーだもの。おばあちゃんになるまではめ続けるぞ。

ところが。ある日突然、その繊細なルビーの指輪が似合わないことに気づく。なんだか不釣り合いなのである。手を前方に伸ばし、右手薬指にはめた赤い石を何度見つめてみたところで、しっくりこない。

あの頃からだろうか。指輪の好みが一変した。大きな指輪が無性にはめたくなる。はめてみると、なぜか似合う。どうしてだ？

理由はまもなく判明した。手が歳を取ったからである。若い頃と比べ、全体にシワシワ、ぐだぐだ、たるんたるんのゴツゴツだ。

そのとき初めて知った。どうしてオバサンは、ごつい指輪が好きなのかということを。

久しぶりに再会した極小ルビーの指輪を手のひらに載せ、ためしにはめてみる。やっぱり似合わないわ。でも、だからといって、まだ捨てる気にはなれない。私は再び、ルビーの指輪を仲間の待つ繊細軍団の箱にしまい、戸棚に収める。

指輪とは反対に、ごついことが苦手となったアクセサリーもある。ネックレスだ。かつては胸にジャランジャランと金（まがい）のネックレスをたくさんぶら下げていたものだ。シンプルな白いブラウスの上、カラフルなスカーフを巻き、その上を押さえるかのように首輪をジャランジャランである。当時はそれがカッコイイと思っていた。

最近、あのジャランジャランがどうにも重くてかなわない。肩が凝る。今でもシンプルなワンピースなどを着たとき、ゴージャスに胸を華やかせたいと思うことがある。そうだ、あのネックレスがあったではないか。あれをつければフォーマル感がぐっと上がるだろう。

それはパリのアンティーク・アクセサリーの問屋で買ったものだった。金とガラスの細工がされた大ぶりビーズの連なるネックレスである。動くたび、ミラーボールのようにキラキラ光って、どこにつけていっても、「あら、ステキね、そのネックレス」と褒められた。それが、重い。首にずしんとくる。

file 13

思い出アクセサリー

「やっぱり、やめた」

ここ数年、つけて出かけようと思うたびに思いとどまってばかりである。いっそ、誰かに譲ろうか。いやいや、またつけたくなる日がきっと訪れる。いえいえ、そんなことはないだろう。逡巡し、結局それもまた、箱にしまって戸棚の中。

「あった！」

ようやく見つかった。捜していたピアスの片われは、棚と棚の間の隙間に落ちていた。まったくもう、人騒がせなピアスである。そう独りごちつつ、床に散らかしたアクセサリーの小箱、ピルケース、箱、箱、箱を積み上げて、棚の扉を閉じる。

アクセサリーとの思い出の旅はこのへんにして、そろそろ原稿書きの仕事に戻ろうっと。

file 14

私をスキーに誘わないで

スキーの季節がやってきた。と気づいても、ぜんぜんワクワクしなくなった。最後にスキーをしたのがいつだったかも思い出せない。確実に二十年以上は昔のことである。

昔はリュックと板を担いで自宅を出て、列車やバスを乗り継いで雪山に向かったものだ。だから特急列車の車内はいつもごった返していた。大きなリュックは網棚に載り切らず、通路や座席下の隙間という隙間に押し込まれているし、スキー板も尖ったストックも網棚の下にゆーらりゆらゆら何本もぶら下がっている。そのうえ、人間は厚着だらけときたもんだ。お手洗いへ行こうとするたび、座席を立つと鋭いストックの先が目を突きそうで危ないし、板は頭にコチンと当たり、通路を歩けばリュックが行く手を阻み、座席から溢れた厚着人間たちをかき分けかき分け、ようやく目的地にたどり着くといった有様だ。そんなすし詰め行商列

file 14

私をスキーに誘わないで

車のような長旅の末、ようやく雪国の駅にたどり着き、今度はバスやタクシーに荷物を積み込む。サンタクロースのソリ鈴のごとき軽やかなチェーンの音を聞きながらずんずん山道を登り、はたして旅館に着いた頃にはすっかりクタクタだ。

それでも嬉しかった。冷たい雪風が心地よかった。山の頂に目をやって、よし、思う存分、滑るぞ〜と、胸をはずませたものである。

初めてスキーをしたのは中学二年生の冬だった。学校が推薦するＹＭＣＡ企画のスキーツアーに友達と参加することにしたのである。神田のＹＭＣＡで母と一緒に説明会に参加した帰り、近くのスポーツ専門店でスキーウェアを購入した。そのときはまだスキー板を買うという発想がなかった。なにしろ生まれて初めてスキーをするのである。面白いのか怖いのかもわからない。ただ、親抜きでそんなキャンプのような旅行をすること自体が楽しみでしかたなかった。

さて山の旅館に到着し、一晩寝たあと、早朝に宿の玄関に全員集合。まず経木に包まれたおにぎりを手渡される。そっと紐をほどいて中を覗いてみると、大きなおにぎり二つとたくあん数切れ。それがその日のお昼ごはんだと告げられた。それから編み上げ型のごつい革製スキー靴を履いて外へ出てみると、いよいよスキー板をつける練習が始まる。おのおのに木のスキー板と竹棒のようなストックを二本ずつ与えられ、さあ、装着してみろとコーチに言われるのだが、これがどうしたものか。二本の板を地面に並べ、その真ん中へんの金属板の上に足を当てる。そして靴のかかとの溝に、板にくっついているワイヤーの輪っか部分をひっかける。ワイヤーがしっかりかかとの溝にはまったら、その先端の取っ手を握ってグインと前方へ押し倒す。こうしてスキー板に靴を固定させるという仕組みなのである。わかります？　なんとご説明すれば理解していただけるかわからないけれど、つまりしごく原始的なつくりになっていたことは間違いない。おそらく私がそのスキー板に出合った中学二年生のときにおいても、それはかなり古いタイプだったと思われる。

さて装着方法がわかったところでいざ雪の斜面に出てみると、歩くだけで難儀である。動いているリフトの座席にお尻を正しくはめることすらできない。何度、リフトを止めてもらったことかいな。まして斜面を滑るなんて、そんなことが……あ、あ、あああああああっと、たちまち転ぶ。転ぶとスキー板が靴から外れる。そのままスキー板だけが斜面を滑り落ちていかないように、安全ベルトを靴に結わえつけてある。当時はストッパーなんてものはなかったのだ。安全ベルトが外れると、それをかじかむ素手で結びつけるのが、これまた泣きたくなるほ

file 14

私をスキーに誘わないで

どつらかった。私の初スキーの思い出に「気持よく滑った！」という記憶はない。もっぱら転んで靴と板をつけ直し、絡まる安全ベルトを結び直し、また転んで、つけ直していたシーンしか思い浮かばない。

苦行のスキーに始まったわりには、その後、高校、大学にかけてそれなりに続けた。滑ること自体が面白くなったせいもあるけれど、大学時代はもっぱら、好きな人と一緒に滑ったりステキなコーチに教えてもらったり、夜は仲間と炬燵を囲んでフォークソングを歌ったり、好きな人とこっそり手を繋いだりするのが楽しみだった。うふ。が、その後、二十代の後半はしばらくスキーから足が遠のいた。下心の対象を失ったせいですかね。

再びスキーを始めるようになったのは、三十歳を超えてからである。テレビの仕事仲間とシーズンになると頻繁に雪山へ通い始めた。久しぶりに出かけた雪山で、さあ滑りに出ようという朝、ペンションの玄関前に集まった仲間の前で、私はたちまち笑われた。

「アガワさん、なに、その格好！」

何が？　どこがいけないんだ？　私は自分の姿を眺め回したが、笑われる理由がわからない。するとディレクター氏いわく、

「もう、そんなファッションの人、いないよ」

そのとき私はたしか、黒の伸縮性に富んだ細身のスキーパンツをはき、上に自慢の赤いダウンジャケットを着ていたと思う。それが「古い!」のだそうだ。見渡すと、確かにみんな、つなぎ姿である。あるいは羽毛入りパンツをサスペンダーで吊り、その上にパンツとお揃いのジャケットを着ている。なるほどイマドキのスキーファッションは、そういうことになっているのか。驚いた。恥を搔き、翌年には私もつなぎのスキーウェアを買った。しかしまもなくそのつなぎの背中にどでかいかぎ裂きを作った。大転倒した折、ストックか板が背中にひっかかり、怪我はしなかったもののウェアが惨憺たる有様に変わり果てた。それでもケチな私はかぎ裂きを繕ってしばらく着ていた記憶がある。

しかし、スキーは酷である。ゲレンデに出るとたちまち、「あ、あのウェア、古い」とか「あの道具、そうとう年季が入ってるね」とか、リフトや山頂からの囁き声が聞こえてくる。スキー場は、たちまち衆目に晒されたファッションショー会場と化す。

「もう止めた」

あるときスキーと決別した。

「そんなこと言わないで、行きましょうよぉ」

若者が誘い出そうとしてくれるが、もはや私にはあの大荷物を運ぶ体力がない。

「いやいや、運ぶ必要ないですよ。宅配便で送れますから」

そうか。でも寒いでしょ。あの寒さに耐える持久力がない。さらにウェアと道具問題がある。年に一、二度しかしないことのために、最先端の用具を買い揃える気になれない。そもそもファッションを競う理由がない。ほのかな恋を夢見て出会いを期待する歳ではなくなった。そうまくしたてたのち、

「でもスノボーって、ちょっと面白そうだね」

小さな声で言ってみたら、

「アガワさん、スノボーこそ、その歳で始めるのは危険です」

若者に止められた。

file 15

ない生活

携帯電話を落とした。

どこで落としたのだろう。夜遅く、知人の家でご飯をご馳走になった帰り道だったのは間違いない。同行した友達数人と最寄り駅まで歩き、ホームのベンチに座ってしばし電車を待ち、それから電車に乗って新宿駅で降りようとしたとき、

「ん？　携帯がないぞ」

ということに気がついた。慌てて振り返る。直前まで座っていた座席には見当たらない。ひとまず電車を降り、バッグの中に頭を突っ込んで漁る、必死で漁る。が、ない。

「見つからないの？　大丈夫？」

友達が心配そうな視線を向けてくれる。が、もはや夜は深い。

「大丈夫、大丈夫。ちょっと駅員室に行って調べてもらうから。先に帰って」

file 15

ない生活

友達と別れ、駅の階段を駆け下りながら頭を巡らせる。記憶をリワインドさせて、たどった道を頭に浮かべる。知人の家をいとまするとき玄関にて、記念のスナップ写真を撮ったから、あの時点では手に持っていたはずだ。それからバイバイと手を振って夜道を歩き出した際、バッグに入れず、確かパンツのお尻のポケットに突っ込んだ覚えがある。駅に到着し、ベンチに腰をかけたとき、ポケットから落ちたのか。あるいは駅までの路上で落としたか。少し酔っ払っていた。お尻のポケットなんかに入れなければよかった。あれやこれやと考え、悔やみ、記憶をたどり、まずは公衆電話で自分の携帯電話にかけてみる。公衆電話なんて利用するのは何年ぶりだろう。もはやテレフォンカードも持ち合わせていない。十円玉を使う。すると、呼び出し音もしないうちに不在のアナウンスが流れる。電源をオフにしているか、電波の届かないところにあるときに流れる音声だ。自ら電源をオフにした覚えはない。もしかして誰かよからぬ人間に拾われてオフにされたのか。不安がどんどん募っていく。改札口へ向かい、駅員さんに申し出る。

「あのー、携帯電話を車内か駅のホームで落としたようなんですが、調べてもらうことはできますか」

それまでの経路と時刻を伝え、さっそく乗車駅と走行中の電車に問い合わせて

もらうが、まもなく、

「そういう届けは、まだないようですね」

あっさり返答され、明日ここに電話してみなさいと、忘れ物問い合わせセンターなるところの電話番号を教えられる。

「わかりました。ありがとうございました」

それでも諦めがつかない。私はもう一度、乗車した駅へ戻ってみることにした。自分の目で確かめよう。ベンチの下に落ちているかもしれない。かすかな期待を抱いて後戻り。小一時間前にご機嫌モードで腰を下ろしていたベンチのまわりをくまなく探索するが、見当たらない。そうこうしているうちに終電も発車した。うなだれて改札を出る際、念のため、その駅の駅員さんにも訊ねる。

「ホームに携帯が落ちていませんでしたか」

「いや、こちらには届いていませんが」

ますますうなだれ、駅の外に出ると、タクシーを拾って帰宅した。

知らなかったが、携帯電話というのは逆探知できるシステムがついているらしい。深夜、帰宅したのち、友達に電話（固定）で指南されながら、パソコンを使って逆探知というものを実行してみた。が、結論から言うと、電源がオフになっているとさすがの新鋭機器とて位置を探し出すことはできないらしい。それにしてもなぜオフになったのか。悪い人に拾われて、携帯電話の中の情報を盗まれたかもしれない。携帯をお財布代わりにはしていなかったので、お金を取られる心配はないと思うが、今までため込んだ写真や住所録はどうなってしまうのか。

思えばどれほど自分が携帯電話に依存していたか、改めて思い知らされた。手帳に友人知人の住所や電話番号を書き留める習慣はなくなって久しい。これでスケジュールもすべて携帯電話に書き込んでいたら、私はほとんど身動きが取れない状態になっただろう。幸い、スケジュールは別の手書きの手帳を利用していたから救われたが、それでも気分的には手足を奪われた感がある。

翌朝早く、秘書アヤヤに促され、携帯電話会社に通知する。すると、

「それはご災難でしたねえ。ご不安とは思いますが、すぐに中身の情報は消去しますのでご安心ください。でも、運良く見つかったとき、あるいは新しく携帯電話をご購入ののち、お客様の場合、情報を復元することはできますのでご心配なく」と、誠意ある声が返ってきた。テキパキしながらも、親身になってくれているのがわかる。セラピストに転職しても優秀になれそうな語り口だ。おそらく携帯電話を失くして半泣きになって問い合わせてくる客は引きも切らないので慣れ

ているのだろう。

そう言えば、つい先だって地方の空港でお手洗いに入ったら、傍らの小棚に携帯電話の置き忘れがあり、慌てて先客を追いかけたことがある。「ありがとうございました」と礼を言われている私の横を、「あ、携帯、忘れた」と、一人の女性が通り過ぎていったのには驚いた。気づくと、「携帯電話の忘れ物が多くなっておりますので気をつけてください」という空港内アナウンスが何度となく流れている。ははあん、携帯を失くす人は多いのだなあと思っていた矢先、まさか自分が失くすとは。

しかし、失くしてみると気づくこともある。移動の時間、待ち時間、ちょっとボーッとする時間がなんと豊かになることか。なにしろ手元に携帯電話がないのである。メールの返信は書けないし、電話をかけることも、かかってくることもない。手持ち無沙汰になるとすぐ携帯画面を見る癖を、出したくても出せない状態なのだ。しかたなく、車窓の景色を見る。他の人の動きを観察する。花に目を向ける。空を仰ぐ。本を読む。思えばほんの十年ほど前までは、携帯電話に翻弄されてはいなかった。あの頃は、こんなふうに窓の外をボーッと眺めていたんだなあ。忘れかけていた。こういう「何もしない時間」を失った現代人は、だからこそ、イライラとアタフタを常に心にため込むようになったのではあるまいか。反省反省。そう改心したのも束の間、携帯電話を持たずに過ごす生活は、ほんの三日かぎりとなった。新たな携帯電話を購入し、私のワサワサアタフタはあっという間に蘇った。こういうことじゃ、いかんのだけどねえ。

file 16

五十一の手習い

ゴルフを始めたのは十数年前のことである。ちょうど五十一歳になって一週間目だった。

当時、出演していたテレビ番組のスタッフやレギュラー出演者にゴルフ好きが多く、顔を合わせれば、「どう、調子は？」「最近、行ってる？」と声をかけ合っておられる。その様子を見てどうやらゴルフの話らしいと察知はできたが、私はゴルフをやったことがなかったので会話に参加できない。だからなんとなく黙る。会話の輪から離れる。別にひねているわけではないけれど、話の内容が理解できないからしかたない。そんなことがしばらく続くうち、プロデューサー氏が私に声をかけてくださった。

「アガワさんもゴルフ、行きましょうよ」

お愛想とはわかるが、行ってどうする。

file 16

五十一の手習い

そもそもゴルフなんて金持ちオジサンのスポーツだと思っていた。バブル時代、会員権が一億だ、二億だという噂を耳にするたび、嫌な世界だと顔をしかめていたものだ。だいいち、ゴルフは歩いてばかりいる。子供の頃からスポーツ全般は好きだったが、走らないスポーツなんてスポーツじゃないと、少々軽視していたきらいがある。

「私、やったことないですから」

手を横に振り、プロデューサー氏の誘いを断る場面が繰り返された。それでもめげずに何度も声をかけてくださる優しさに根負けし、私はとうとう返答した。

「じゃ、見学に行きますよ。皆さんがプレーをしているのを芝生に座って応援します。最低、何を持っていけばいいですか」

「最低、靴は……」

こうして私は番組主催のゴルフコンペに参加すべく、靴を買いに行く。

近所のゴルフショップへ赴いて、しかしそんな店に足を踏み入れたこともないので、ゴルフ好きの友人に同行してもらい、選ぶうち、同行してくれた友人が、

「このセット、きっとアガワにぴったりだと思うな」

いつのまにか中古ゴルフセットの傍らに立ち、ニコニコしているではないか。

「あ、そうなの？」

買いものには、なにやらわからん勢いというもののつくことがある。格別欲しいと思っていたわけでもないのに、なぜか支払いをすませている。そのときもそうだった。同行者が払ってくれたわけではない。私が自らの財布を開いたのである。が、なぜか気づいたら、買ったあとだった。

こうして私は騙されたかのようにズルズルとゴルフの世界へ引き込まれた。一度も練習しないままコンペに参加するのはさすがにまずかろうと、とりあえず靴を買ったゴルフショップの店長にグリップの握り方と立ち方、ボールをヒットするコツなど基本的なことだけを一週間で教えてもらい、いよいよゴルフ場へ赴く。早朝暗いうちからプロデューサー氏のお迎えをいただき、車に乗り込んだとたん、私は訴えた。

「手袋の包みを開けたら、片方しか入っていなかったんですが。不良品をつかんだみたい」

するとプロデューサー氏、穏やかに、

「大丈夫、大丈夫」

「大丈夫って言われても、一度、使ったら返品できないし。今の時間じゃお店も開いていないし。どうしよう」

「大丈夫、大丈夫」

ゴルフのグローブは左手用だけでいいことを、その時点で私は知らなかった。知らなかったのはグローブのことだけではない。四人一組でスタートし、二打目をアガワ、打つ。「次はどなたですか?」と訊ねれば、

「次も君だよ」。そしてアガワ打つ。

「お次は?」

「また君だよ」

「え、そんなに私ばっかり打っていいんですか?」

グリーンから遠い順に打つというルールがあることすら、私は知らなかった。

しかしそんなトンチンカンなシロウトアガワに対し、一緒に回った先輩諸氏は迷惑な顔一つせず耐えてくださった。ことに番組共演者である大竹まことさんのスタート前の一言は、貴重なアドバイスとなった。

「いいか。君がどれほどたくさん打っても誰も怒らない。ただし、後ろから回ってくる人たちの迷惑にならないように動くことだけは忘れるな」

こうして私は頻繁に後ろを振り返るようになった。打つ前に振り返り、後ろの

組が迫っていると思えば、素振りは一回。迫っていなくても素振りは二回を限度とする。打ち終わり、再び振り返る。いや、振り返る前に走り出す。打数の極端に多い私がスピードアップする手立ては、「打つ」と「打つ」の間、すなわち次の地点までの移動時間を短縮するしかない。ゴルフは歩くスポーツだなんて嘘だったと、息を切らしながら思い知った。

ゴルフデビューのその日、私のスコアがいくつだったか定かな記憶はない。なにしろ多すぎて勘定もままならない。二百は超えていなかったと思うけれど、百五十以上であったことは間違いない。それでも私は上機嫌だった。さして興味ないと思っていたゴルフが、こんなに楽しいものだったとは。私自身信じられないほどの喜びであった。

「また是非行きましょう！」

帰り道、仲間が声をかけてくださるが、その後、誘ってくれる人はいなかった。そりゃそうだ。こんな下手くそと一緒に回りたいと思う奇特な人はめったにいない。いいもん、打ちっ放し練習場に行くもん。やけを起こしたわけではない。実際、練習場だけでじゅうぶんに幸せだったのだ。

仕事柄、生活が不規則で、いつ時間が空くかの予測がつかない。祝日・週末が必ずしも休日とならないかわりに、思いの外、原稿が早く書き上がり、さて夕方から暇になったとか、突然、翌日が休みになるとか、そんなことがたまに起こる。そうなったときがチャンスである。

「よし、練習に行こう！」

早朝だろうと夜中だろうと営業しているゴルフ練習場はたくさんある。一人で行っても誰にも奇異に思われない。打ち方がわからなくなれば、練習場にて三十分三千円のレッスンを受けられる。たまに芯を食った瞬間、日常のあらゆる憂さが雲散するほどの快感を得ることができた。

少しまともに打てるようになった頃、ようやくあちこちからラウンドのお誘いがかかり始めた。あれから十数年、上達の度合はのこぎりの刃のごとくギクシャクとなだらかな傾斜をたどりつつ、ちっとも飽きがこないのはどうしたことか。

「まさかアガワさんがここまでゴルフにハマるとは思いませんでしたよ」

最初にゴルフに誘ってくださったプロデューサー氏が呆れるほど、私にとって五十一の手習いは、かけがえのないものとなっている。

（つづく……）

file 17

変わらなきゃ！

ゴルフを始めたら、まわりの景色ががらりと変わった。今まで見えていなかったものが、見えるようになったのである。

車を運転しながら、あるいは新幹線に乗って窓の外を眺めると、あちこちに緑色の高いネットが目に入る。

「お、あれはゴルフ練習場だな」

ゴルフをやっていなかった時代は、そのネットが何であるか知らなかったし、興味も関心も湧かなかった。もとより視界に入っていなかったのであろう。

地方から東京へ戻る飛行機の中でも、「そろそろ着陸態勢に入ります」という機内アナウンスに反応して窓から千葉県あたりの地上を見下ろすと、なんとたくさんゴルフ場があるのかと驚かされる。それまでも何度となく見下ろしたことのある上空からの景色だったのに、ゴルフ場を意識して見たことはなかった。

さらに中毒症状が深まると、緑色をした地面の真ん中に白いものを見つけるや、すべてがゴルフボールに見えてくるし、芝生の敷き詰められた庭を見ると、無性にアプローチ練習をしたくなる。景色だけではない。椅子に座って手を組むと、ついグリップを握る手格好になってしまう。駅のホームで傘を握ってスイング練習をするオジサンに、以前は奇異な目を向けていたのに、今やオジサンの気持が痛いほど理解できるのだ。

どうしたことか。こんなに頭の中がゴルフでいっぱいになってはいかん。そう思う反面で、この歳になってこれほどまで夢中になれるものを見つけられたことが嬉しくて仕方ない。

ゴルフのどこがそんなに魅力的ですかと、よく人に聞かれる。どこだろう。まず、ゴルフ場に出ると、春にかぎらず、なぜか夏の暑い盛りまでウグイスの鳴き声を聞くことができる。不思議に思っていたら、あるとき野鳥に詳しい人が、

「ああ、あれは売れ残ったウグイスですよ」

緑深い林に売れ残りの雄ウグイスが、ガールフレンドを求めて必死に鳴いているのだと説明してくれた。ほんまかいな。売れ残りであろうとなかろうと、ゴルフ場で思う存分、ウグイスの美しい声を聞けるというのは幸せなことである。鳥

の声にかぎらず、桜の季節はわざわざ人混みのなか花見に出かけなくとも存分に満開の桜や花吹雪を堪能できるし、まもなく新緑の季節となり、美しいことこの上ない。夏のゴルフ場には、街中で買えば一匹千円くらいはすると思われる立派なカブトムシがゴロゴロ歩いているし、秋には溜め息が出るほどの紅葉を愛でる僥倖に恵まれる。

豊かな自然に囲まれながら小さな白いボールを追いかけていると、つくづく日本に生まれてよかったと思う。

自然のみならず、もちろんゴルフというスポーツそのものの魅力はたくさんある。ゴルフをすると自分の意気地のなさ、人間の小ささ、感情コントロールの出来なさ加減を嫌というほど思い知らされる。それがつらいといえばつらいけれど、そんな自分の弱点をたまに克服できたときの喜びは、ちょっと大人に成長したなと我ながら満足な気持になる……なんてね。めったに克服はできないし、成長したと思った翌週には早くもイライラがぶり返し、情けなくなるけれど、その繰り返しが、ゴルフなのである。

もともと運動することは好きだった。子供の頃のかけっこや缶蹴り、ゴム跳び、体操の時間の跳び箱から始まって、中学・高校では卓球部に所属し（さほど上手ではなかったが)、冬になればスキー旅行に出かけるのも大いなる楽しみだった。大学に入ってからは同好会ながら硬式テニスを始めてひたすらテニスコートに通う日々を過ごした。当時、家族にはよく、お前は大学の文学部に入ったのではなく、テニス部に入ったんだと揶揄されたものである。仕事を始めてしばらくはテニスもスキーも続けていたのだが、あるとき膝を痛め、全速力で走る自信がなくなって以来、きっぱりテニスと縁を切った。なぜか同じ頃、スキーへ行く気力も失せた。もうじゅうぶんに一生分のスポーツは楽しんだ。これくらいでいいだろう。そう思い定めていた頃、ゴルフと出合ったのである。

五十歳を過ぎて新たなスポーツをゼロから始めるというのは、たとえて言うなら言葉もまともに話せないまま外国生活を始めたような、あるいは幼児に戻ったような感覚に陥る。まず、まわりの話がチンプンカンプンでわからない。ルールどころか、会話の一つ一つについていけないのである。

「俺、グリーンに乗ってからが苦手なんだ」

ゴルフを始めてまもなくの頃、私はその発言に首を傾げた。グリーンに乗ってからだって？　ゴルフ場に行ったら見渡す限りグリーンじゃない。ってことは、ゴルフ全部が苦手ってことかしら、と思ったものだ。かつて黒柳徹子さんが王貞治選手（当時）に、「マウンドにお立ちになるお気持は？」と質問し、王選手が「いや、僕はマウンドには立ちませんから」と答えたところ、

「あら、マウンドにお立ちにならないで、どこにお立ちになるの？」

黒柳さんはグラウンドのことをマウンドというのだと思っていらしたらしい。その話を聞いても私は笑えない。ゴルフ場で黒柳さんと同じ間違いを犯したからである。

パターがホールそばまで転がったときに仲間が「オッケー」と声をかけてくれるので、カウントはそこまででよいのだと思い、実際のスコアよりすべてのホールで一打ずつ少なく記録していた時期もある。パターが入らないとき、ゴルフの先輩に、「入れに行くからいけないんだ」と注意され、内心、納得のいかなかったことが何度あっただろう。

（入れに行ってはいけないの？　誰だって入れる目的でパットするだろうに）

そのアドバイスの意味が、ホールに入れたいと思う気持が強すぎて、身体の軸が前にぶれていることだと知ったのは、だいぶあとになってからである。

ことほどさように、会話が成立しない場面多々。言葉の意味もスイングの仕方も、さらに止まっているボールがなぜクラブに当たらないのか、理解できないこ

とだらけである。だからゴルフの先輩に聞く。懇切丁寧に教えてもらう。とんちんかんな質問をして笑われる。叱られる。理解する。理解したつもりになる。そしてまたわからなくなるのである。

人間、五十歳くらいになると、自らがまったくの初心者と化す機会は減ってくる。ところがゴルフに出かけるや、師匠の教えにペコペコ頭を下げ、歳下のコーチやキャディさんに励まされ、注意され、「はい!」「わかりました!」「やってみます!」「ごめんなさい!」と、声高く返答する。それが何より新鮮で、たまらなく楽しい。まるで子供に返った気分である。

ゴルフの何が楽しいか。それは、心技ともども、景色だけでなく人間の上下左右の関係に至るまで、すべてに変化が生じることである。そして、いつまで経っても上達しない。だからこそ、また行きたくなるのかもしれない。

file 18

リアル・エクスタシー

『フィフティ・シェイズ・オブ・グレイ』という官能恋愛小説の作者、E・L・ジェイムズさんにお会いした。彼女はもともとロンドンのテレビ局に勤めていたイギリス人で、理解ある夫と二人の息子を持つ主婦でもある。もともとエロティック・ロマンティック小説のファンだったというわりには、妖しいムードとは無縁の、むしろ笑い声の心地よい豪快な性格の持ち主とお見受けした。そのミセス・ジェイムズがある日突然、「自分も小説を書きたい！」と思い立ち、一気呵成に書き上げた作品が、一躍、世界累計一億部を記録するメガヒットとなったのである。そのずば抜けたストーリーテラーの才能にも驚愕するが、彼女と話していてもう一つ、面白かったことがある。それは、

「これだけ欧米の女性の共感を呼んだ恋愛小説が、どうも日本での売れ行きはイマイチなの。どうしてかしらって、出版のスタッフたちと話し合ったんですが、

どうやらセックスに対する考え方が欧米の女性と日本の女性には違いがあるからではないかと」

この推測を妥当とみなすには、データが少なすぎると思われるけれど、それにしても、「イギリス人女性は女同士でそんな話、してるわけ？」と私は驚いた。が、彼女に言わせれば、「女友達が集まったら、みんなあけすけに、前夜のセックスについてこと細かに報告し合うのは普通よ」なんだそうである。

そんなことしてる？　日本人は……。

「え、しないの？」とミセス・ジェイムズに逆に驚かれ、私はしばし考えた。はたして、したことがあっただろうか。うーんと唸った末、友達同士で話し合うことはあまりないけれど、反対に日本では小説本や映画や、かなり若い世代向けの漫画などにも、その種の念入りな描写がなされていると、私は答えた。するとジェイムズさん、

「私たちはそういう作品に出合ったら、そこに出てきたセックス描写について友人と語り合ったりするわ。だから私の本が口コミでどんどん広がっていったの。日本人はどうやら性について話すことを、プライベートなことにしすぎているようね」

と言い切られてしまった。

自主的個人情報保護法ってことか。たしかにこの手の話は極めて個人的なものゆえに、あまり他人にぺらぺら話すことではないと、少なくとも私ぐらいの世代の日本人女性は誰しも思っているはずだ。お金とセックスの話を人前でするのは、はしたない行為である。そう教育されて育った気がする。

「でも、他人と話して比較しなきゃ、自分がやっていることがノーマルなのかどうか、わからないじゃない」と、ジェイムズさんは真面目な顔で私を見つめた。ま、たしかにそうではありますけれどね。他人がどういうふうにコトを為しているかに関しては、それこそ若い時代にこっそりポルノ系の映画を観たり、こっそり小説のそのシーンを読み込んだりして、へえ、アメリカ人はハイヒールを履いたまま、なさるんですか、ほお、そんな体位があるんですか、などとひどく感心、興奮し、自らにその場面が訪れる日をひたすら楽しみにしたものである。

人生初めての「その日」が何歳のことで相手は誰か、なんてことさえ、私たちはごく親しい友達とも語り合った覚えはない。なんとなく、それとなく、どうやら親友が自分より早く経験したらしき気配を感じて心を騒がせたり、あるいは女友達から「来週、アガワと伊豆に旅に行ったことにしておいてくれる?」とさりげなく頼まれて、他人事ながらドキドキしたり、そのくせすっかり忘れて彼女のところへ電話をしてしまい、「あら、ウチの子、アガワさんと旅行に行くといって留守ですが……」とその友の母上に訝しげな声を出されておおいに焦ったりしたことはあるけれど、その後、旅から帰ってきた友達に、「ごめんね」とは謝るものの、「で、どうだった?」なんて質問はいっさいしなかった。

友達同士でさえ暗黙の了解事項だというのに、こういう話題を親子でするなんて言語道断だ。なんたって、結婚する前に、「そういうことをするのは不良だけ」という考え方を刷り込まれてきた操のかたい大和撫子である。その鉄則が現実には破られていると知りつつも、「王様は裸でない」と信じたがる市民の心境なのである。親に向かって口に出して言えるわけがない。それなのに、あるとき、シャーリー・マクレーン主演の映画『愛と追憶の日々』を観て、私は仰天した。嫁いだ娘を演じるデブラ・ウィンガーと母娘二人でベッドに寝転がり、互いの恋、セックスについてケラケラ笑いながら語り合うシーンがあったのだ。これがアメリカ母娘の典型的関係かどうかは知らないが、異例だとしても、私にはあり得ない場面であった。

ウチの母さんと、こんな話、できるわけないでしょうが!

なぜか……。

おそらく、自らのそういう体験を友達ないし親に暴露したとたん、聞いている相手は即座に自分の裸、あるいはベッドの上の姿、さらに、なんていうんでしょうか、そういう体勢における私の表情などを頭の中で想像するであろう。そんなことをされた日にゃ、とてもじゃないが、恥ずかしくて平静ではいられなくなる。そういう羞恥心を欧米の女性は持ち合わせていないのだろうか。

二十代の後半、恋多き女友達と話をしている折に何の拍子だったか、突然、彼女が私に質問した。

「あなた、本当のエクスタシーを感じたことある？」

「は？」

「たぶん、ないわよね」

そう断言されるとちょっと悔しい気持になる。しかし、「そりゃ、私だってありますよ」と反論する自信も確信もない。すると、

「本当のエクスタシーってね。もうこのまま死んでもいいっていうくらい、気持のいいものなの。身体が天井に浮き上がっていくような気分になる。本当に身体が浮くのよ。一度、経験したほうがいいわよ」

「はあ……」

その後、私はコトあるたびに（って言うほどの回数ではありませんが）、その言葉を思い出した。これか？　こんな感じ？　別に浮き上がりませんけど。そして結局、確証を得ることなく、年月はいたずらに過ぎていった。

あれから幾星霜。結婚した女も、私のように未婚のままの女も、その手の話題を友達の会話の隙間に持ち出す機会はもはや皆無に等しい年頃と成り果てた。ときどき冗談めかして、「お宅はダーリンと、まだ？」なんて訊ねるが、「なんのお話？　そんなことしたかどうかの記憶もない」と笑いながら返ってくるのがせいぜいだ。

ところが一人の女友達が、五十歳を過ぎて大恋愛をし、蜜月を過ぎて早十年近くになるというのに、最近、「あちら方面は、どう？」とためしに聞いたところ、「うん」とはにかみがちに返された。笑顔の奥には、「もちろん、今でも」という確固たる自信が窺われたのである。

「まさか……」

にわかに信じがたい。が、羨ましい。さらに問い質したい衝動に駆られたが、その先を聞くことが、私にはできなかった。だってお恥の国の女（ヒト）だもの。

file 19

大人のツリーハウス

小説本の校正作業のために担当編集嬢二人と熱海のホテルで三泊四日の合宿をした。そういうことは自宅でできないのかと怪訝に思われる向きもあるだろうが、やはり自宅ではどうしても雑事にかまけて集中力が削がれる。今の時代、どこへいっても携帯電話が通じるので、完璧に日常をシャットアウトすることは不可能であるけれど、それでも転地療法ならぬ、転地効果か、はたまた事前に「原稿仕事のためしばらく缶詰になりますのでバイバイ」と宣言していたせいか、他の仕事に気も時間も取られることなく、思いの外、仕事がはかどった。

なにしろ朝起きたら早々にホテルのレストランにて朝ご飯を掻き込み、部屋へ戻るなりデスクに向かう。昼食は持参したスナック類をつまむだけで済ませ、ときどき椅子から立ち上がってガラス戸越しに熱海の海を遠望して目を休め、日が暮れるまで頑張って、夕食。「ビール一杯だけね」と自らを牽制し、ほんの一時

大人のツリーハウス

間足らずで帰室すると、また夜中までせっせと校正に精を出す。そして、「よし、今日はここまで！」の号令とともに三々五々、浴衣に着替え、いざ大浴場へ。やれやれよく働いたもんだと呟きながら、極楽の布団に潜り込む。

まるで受験生のような日程だが、さりとて鬱々たる気分ではない。これが一人だったら気持がふさいでさっさと怠け始めるだろうけれど、家庭教師のお姉さんのような厳しくも優しい編集嬢二人の監視役と一緒だから不思議にモチベーションが下がらない。おかげで四日間の滞在中、熱海の町には一歩も出ず、それどころかホテル内でもレストランと大浴場に赴く以外はほとんど部屋に籠もりきりだった。リゾートホテルにやってきて、こんな客も珍しいだろうと思うほどの蟄居生活ぶりを、あまりに哀れと思われたか、ホテルスタッフが、「せめて最後の夜ぐらいは少し息抜きなさっては」と、夕食後、ホテルの屋外に設えられた「ツリーハウス」に案内してくださった。

「ツリーハウス？　木の上の家ってこと？」

半信半疑で指定されたドアを開けると、たちまち別世界が広がった。わおー。その瞬間、ケストナー作の『五月三十五日』で主人公のコンラート少年が叔父さんと一緒に洋服簞笥の後ろから、スケートをはいた馬のいる不思議な国へ繰り出すときの衝撃を思い出した。

子供の頃、祖父母の家の薄暗い物置部屋にある着物簞笥がいかにも怪しいと目をつけて、簞笥の後ろの小さな隙間に首を突っ込んでは、ここから別世界へ行けないものかと真剣に憧れた。突然、あの頃の気持が蘇る。

興奮しつつドアの向こうへ足を踏み出すと、まず頭上を緑の葉に覆われたアーチ型のウッドデッキが現れる。その幻想的なアプローチを進んでいくと、今度は電飾された木の階段を下り、いったいどこへ向かうのかと思ってふと顔を上げるや、なんと直径一メートル近くはあろうかと思われる老木に細い階段が螺旋状に絡まって、樹木の上方へ高く伸びているではないか。ワクワクはさらに膨らむ。やだやだ、楽しいじゃん。そこを一歩ずつ、手すりにつかまりながらぐるぐる上がっていった先に、とうとう可愛らしいガラス張り木造の小屋が出現した。扉を開けるとそこは、間取りが六畳ほどの、小さなストーブとお洒落なデザインのベンチが並ぶ居心地のよさそうな空間となっている。我々以外に客はいない。貸し切り状態（時間貸し制）だ。その部屋の中央を太い幹が斜めに突き抜けている。さっそくその幹に身体を委ね、ああ、落ち着く。まもなく、前もって注文しておいた飲み物が届いた。ちなみに私はホットウィスキーを頼んでいた。木の上でストーブのぬくもりに包まれながら飲むならば、温かいお酒が似合うのではないかと思ったからだ。アツアツのグラスを両手で包んで目をつむる。なんだか夢の中にいるような気分である。

そういえば、小さい頃、木の上の家に住むのが夢だった。太い枝と枝の間に板を張り、屋根をつけ、バルコニーもつくる。バルコニーで火をおこし、シチューをつくってパーティだ。夜になったら小屋の中に藁をたっぷり敷きつめて、天窓越しに満天の星を仰ぎながら、おやすみなさい。日中、地面に下りたくなったら蔦を伝ってスルスルスル。ときには蔦から蔦へ飛び移り、小鳥や子ザルたちと一緒に森を自在に跳ね回るターザンのような生活をしたいと夢想したものだ。

さすがにホテルのツリーハウスに滑り降りる蔦は見当たらなかったが、深閑とした木々に囲まれた静かな上空の空間は、まるで夜の闇の仲間入りをしたような不思議な心持ちにさせられて、そこに滞在する者の呼吸をいやがおうにも深くしてくれる。大人の私がこんなに喜ぶのだから、子供たちはさぞや興奮するだろうねえと語り合いつつ、ちびちびと、アルコールの入ったグラスを口に運ぶ。だんだんいい具合のほろ酔い加減になってきた。数人の大人が集うこの場所は、いつしか酒場と化している。

ちがうちがう！

私は心の中で小さく叫ぶ。もちろん、こんな格別の場所でお酒を飲むのは楽しいことにちがいない。でも、せっかく子供心に返ったのだから、もっと無邪気に遊ぶ方法はないものか。私は提案した。

「ね、しりとりしようよ！」

その提案がはたしてこのツリーハウスに適しているかどうかは判断つきかねたが、とりあえず遊びたいと思ったのである。その勢いでさらにつけ加えた。

「ただのしりとりじゃなく、エロチカしりとりって、知ってる？」

お断りしておくが、これは面白いのですよ。単語そのものが「エロティック」である必要はない。むしろ、それ自体がエロティックでない言葉（名詞でなくともよい）を使ってしりとりをするところに、この遊びの妙味がある。たとえば、「谷間」ときたら、次の人が「まだ」なんて具合。どこがエロティックかと首を傾げる人は、想像力が欠如していますぞ。

「あら、ドキドキしますね」

「えーと、どうしよう。思いつかない」

みるみる興に乗ってきた。高らかな笑い声、「いやーん、エッチー」などという嬌声が闇夜に響きわたる。そしてまもなく、部屋に戻る時間が訪れて、「ここで足を踏み外したらシャレになりませんね」と手すりをしっかとつかみ、「落ちる！」と誰かが叫べば、「る？　る、る、留守どき、ってどう？」。

不純な妄想に心を占拠されたまま、ようよう地上にたどり着く。

素直な子供心に立ち返り、無邪気な夢を蘇らせて過ごすはずだったツリーハウスの顚末が、はたしてこれでよかったのか。疑問は残るが、それでも木の上は、「き、き、気持いい」。

file 20

お風呂の愉しみ

お風呂で聴くことのできるラジオをいただいた。電化製品の進歩はめざましい。単二電池三個をセットすると動くつくりになっているのだが、電池が水に濡れる心配はないという。プラスチックの蓋をすれば水は入らないと説明書に書いてある。いやはやすごいもんだねえと感心していたら、「お風呂で聴くラジオなんて、ずいぶん前からありますよ」と若者に冷笑された。そりゃ、私だってそういうラジオがあることはなんとなく知っていましたよ。知ってはいたが、所有したのは初めてだ。自分で買うほどの興味は湧かなかったけれど、他人様からいただいたおかげで、そのモノの良さを知ることはあるのだね、とそう言いたかっただけだ。

さて、新品ラジオを箱から出して、さっそくお風呂場へ持ち込む。どこに置こうかなあ。ガラス棚のシャンプー・リンスを横に寄せ、その隣の空いたスペースに置いてみた。しかし、ここだと洗髪するときシャンプーの泡が飛び散るおそれがある。さりとてタオル掛けにぶら下げればタオルの邪魔になるし。バスルームを見回して、あ、ここがいいかな。シャワーのノズルを固定するフックにラジオのゴム製取っ手を引っかけると、ちょうど納まりがよさそうだ。私は背が低いから、上方のシャワーフックは滅多に使わない。下のほうのフック一つでじゅうぶんコトは足りる。よしよし、これでいいぞ。お風呂に入るのが楽しみになってきた。

……なんて言ってみましたが、本当のところ、私はお風呂にあまり入らない。なんだい、風呂に入らない不衛生な女なのかと、驚かないでください。シャワーで済ませることが多いのである。しかし、今後はこのラジオのおかげで生活習慣を変えられるかもしれない。人間はいくつになっても成長できるのだ。よし、挑戦しよう。

まずはためしとばかりに、シャワーを浴びながらラジオを聴いてみた。が、これがいけませんでしたね。ラジオの電源をオンにして、シャワーを浴びて身体を洗い、髪の毛を洗い、でもその間、ラジオから流れる音楽はほとんど聴こえなかった。ただ遠くから水音に混ざってザアザアと雑音が耳元に届くだけで、これではラジオをつけている意味がない。やはりお風呂にゆっくり浸かりながらでないと満喫できないものなのか。

反省した翌日、私はたっぷりのお湯をバスタブに満たし、ラジオの電源をオンにして、チャンネルを選び、静々と身体を湯船に沈めた。バスルームの壁がほどよく音を反射させ、心地よいサウンドがあたりに響き渡る。いい気持だ。いい気持だなあ。いい気持なんだけれど、そろそろ限界が近づいてきた。

「まだ、まだですよぉ。あと十数えたら、出てよろしい」

「じゅーう、きゅーう、はーち、なーな……」

幼い頃のお風呂の記憶が蘇る。同時に、整体の先生の言葉も頭に浮かんできた。

「お風呂はね、最低三十分入らないと、身体の芯まで温まらないですから」

腰痛を防ぐためには身体を芯から温めることが大切であり、短時間のお風呂では表面が温まるだけで内部は冷えた状態なのだそうだ。なるほど。今後はできるだけゆっくり湯船に浸かるようにしよう。そう思った矢先でもあったから、もう少し頑張ろう。でも、ボーッとしてきた。

もともとカラスの行水タイプなのである。そんな自覚はなかったが、どうもそうらしい。他人様の家に泊まりにいって、普段以上にゆっくりお湯に浸かったと思って出てきたとたん、

file 20

お風呂の愉しみ

「あら、ずいぶん早かったわねえ」

その家の主に驚かれ、早かったのかしらとこちらが驚いたことが何度もある。

ある友達は、お風呂で本を読むという。えー、濡れちゃわないのと聞くと、濡れないようにタオルを隣に置いて読めば問題ないとのこと。ホントかなあ。首を傾げながら一度、真似してみたところ、傍らにタオルを置いていてもやっぱり本は濡れた。それ以前に蒸気で紙がだんだんヨレていく。それ以前に、私が読書をするときは老眼鏡を要するのであって、まずそのレンズがすぐに曇って読めなくなる。レンズの曇りをときどき拭き、冷えてきた手を右左交互に湯船に浸け、だいぶ温まったと思った頃に湯船から出してタオルで拭き、本を支え、またすぐにレンズが曇るのでタオルで拭き、そんなこんなを繰り返していると、落ち着いて文字に集中できなくなる。その上、のぼせてくる。こんなことならさっさとお風呂から上がってベッドに寝転がって読むほうが、よほど安楽というものだ。と思って、入浴読書はあきらめた。

「のぼせるのは、お風呂の温度が高すぎるからだよ。身体を芯まで温めるためには、ぬるめのお風呂に入ったほうが効果的なんだって」

さらに新たな情報が届いた。新情報についてはいつも「そうかなあ」と疑いの目を向けつつも、いつのまにか洗脳されるタチである。さっそくお風呂の温度を四十二度から四十度に下げて、湯船に浸かってみた。すると、たしかにのぼせない。長い時間、お湯に浸かっていても苦にならない。苦にならないかわりに、寒くて出られない。おまけに眠くなってきた。で、いつのまにか寝たらしい。そして目が覚めたとき、お湯の温度はさらに下がって、私の身体もけっこう冷えていた。

工夫が足らないのか、忍耐が足らないのか。どうも私に長時間入浴は向いていないようだ。

「湯船で寝ちゃったの？　危ないねえ。風呂で溺れて死ぬ老人って、けっこう多いんだってよ」

いよいよ長風呂作戦は返上だ。そもそもお風呂でラジオを聴こうなどと、そういう優雅な時間を過ごすこと自体が私に向いていなかったのであろう。観念し、いつものようにシャワーを浴びた。バスルームには相変わらず、ラジオがひっそり待機している。せっかくお心をなぐさめようと思ったのに、僕は何の役にも立たないのでしょうかと、寂しそうな顔（なんてしていない、ただの四角形）でシャワーフックにぶら下がっている。

「そうだね。せっかく縁あって、ここに来たんだものね」

私は電源をオンにした。それからシャワーの水を出し、身体を洗浄し始める。

洗いながら、ふと思いつく。そうか、ボリュームを大きくしてみればいいのか。

解決した。簡単なことだった。音量を上げれば、シャワーでも聴こえることがわかった。人間、いくつになっても学習はできるものだ。

file 21

村長から一言

突然ですが、二〇一五年三月から私は「明治村」の村長に就任した。なぜそういうことになったのかと聞かれても、我ながら上手に説明できない。あるとき名古屋鉄道の社長さんにお会いすることになり、「明治村の第四代村長になってもらえませんか」とニコニコ顔で頼まれたので、「ええええ？」とのけぞって驚いてはみたものの、気がついたら、引き受けていた。

第一代村長が徳川夢声、第二代が森繁久彌、第三代が小沢昭一という錚々たる方々のあとを継ぐことになった。第三代の小沢昭一さんが亡くなられた後しばらく空席状態だったという。「だから是非、アガワさんにお引き受けいただきたい」と言われれば、「それはつまり、私もそういう長老の域にさしかかっておるという意味ですか」と少々僻んでみたい衝動にかられたが、でも心のどこかで、「面白そう」という気持が働いたのは否めない。

村長から一言

さてしかし、明治村がどこにあって、どんなところなのか知らない読者も多いと思うので、簡単に説明すると、明治維新後、西洋の文化文明が怒濤のごとく押し寄せる中、次々に建てられていった建築物は、その後の震災、戦災、さらに高度成長のスクラップ・アンド・ビルド時代をかいくぐるうち、あれよあれよと思う間にその姿を減らしつつあった。このままでは明治の貴重な文化財があとかたもなく失われてしまう。危機感を抱いた建築家、谷口吉郎氏の呼びかけに、彼の旧制第四高等学校の同級生で、当時の名古屋鉄道副社長、土川元夫氏が応え、話し合い、情熱に燃え、互いの協力のもとに昭和四十年の春先、愛知県犬山市郊外の広大な丘陵地に「明治村」が誕生した。そして開村五十年以上の年月を経た今も、移築や改修を続けつつ、名古屋鉄道株式会社の支援を受けながら、明治村は運営維持されているというわけだ。

「じゃ、明治村って、江戸村とかスペイン村みたいなテーマパークとは違うの？」

よく聞かれるが、違います。明治村は、明治時代に建てられた本物の建築物、建造物を各地から移築し、復原して保存しているのであって、レジャー施設というより、野外博物館といったほうが正しい。現在、六十を超える展示建造物の中には、ライト建築の旧帝国ホテル中央玄関や、森鷗外、夏目漱石が借家としていた木造和風住宅、西郷隆盛の弟、従道の住まいであった洋館など、よくぞここに移って解体の危機をまぬがれたものだと、思わずホッと胸をなで下ろしたくなるような美しい建物が、鬱蒼と生い茂る森の木陰のあちらこちらに、おのおのの歴史を潜ませて静々と佇んでいる。

とはいえ、ただ外側から歴史的建造物を見学するだけでは、その魅力を堪能することはできないというのが博物館明治村の考えのようで、ほとんどの建築物が入館可能であるうえに、実際に郵便業務を行っている宇治山田郵便局舎や、喫茶室として使える帝国ホテルロビーなど、その建物の使命を活かした設えも十分に施されている。

説明が長くなったが、今回、私が村長に就任したことをきっかけに周辺の若者諸氏に「明治村って知ってる?」と問うと、「行ったことない」どころか、「何県にあるんですか?」「存在すら知らない」と答える人が多かったので、あしからず。

でね、開村記念日である三月十八日の三日前に執り行われた村長就任式に際して、

「新村長として明治の衣装を着ていただきたいのですが」

担当の方から問い合わせがあった。すなわち、矢絣と袴、頭に大きなリボンと

いう「女学生時代のおはなはん」のような格好か、あるいは鹿鳴館風ロングドレスの「どちらにしますか」と聞かれたのだが、さあ、迷った。明治の女学生になるのはこの歳にして少々はばかられるが、さりとてウエストがキチキチなロングドレスは「ファスナーが閉まらなかったら恥ずかしい」という不安もある。

「では両方、用意しておきますので、当日、お決めください」

こうして当日、控え室にて両方を試着してみたところ、やはり女学生矢絣袴姿は、「ちょいとおばさん、コスプレも度が過ぎます」と批判の声が聞こえてくるよう。ではロングドレスはといえば、スカートと上衣が分かれている。しかもスカートはゴム入りのフック留め。そして上のブラウス部分は背中がファスナーでもボタンでもなく、上中下の三カ所に紐がついていて、リボン結びにして留めるようにできていた。

なんという配慮であろう。私のお借りしたドレスは一般見学者が試着、記念撮影するために用意された服なので、サイズに融通性をもたせるためかもしれないが、それにしても、和と洋がまざった粋な計らいではないかと、私は感心敬服した。

かつて横須賀・浦賀沖にアメリカのペリー提督率いる黒船がやってきたとき、

幕府は一般人に危害が及ばぬよう、「何人も無用な外出を禁ず」とのおふれを出し、家に留まるよう命じたにもかかわらず、好奇心旺盛なる庶民はぞろぞろと海岸まで見物に出てきたという。そして上陸したアメリカ人のあとを、及び腰ながら面白そうにつけていったそうだ。

さてここで問題です。そのとき日本人は、いったいアメリカ人の何に興味を抱いたのでしょうか。

答えは、

「ボタンです！」

当時の日本に「ボタン」というものは存在しなかった。布と布を結びつけるには、「紐」で「結ぶ」方法しか知らなかったのだ。そこへ、紐が一つもついていない服を着ている異国人が現れた。しかも上着の上にはキラキラ光る丸いモノがたくさんくっついているではないか。日本人は生まれて初めて見る「ボタン」に興味を惹かれるがあまり、異国人への恐怖は吹っ飛んだのである。……という話が真実か否か、定かではないけれど、あるときある人からそんなクイズを出されて私は合点した。そして、今回の鹿鳴館風ドレスを着たときも、上着の後ろについたリボンを見つけて、「こんなところに明治の心が生きている」と思い、嬉しくなったのである。

明治村には古い建物があるだけではない。世界中から流れ込んでくる最新技術や文化や流行を、ただそのまま真似るのではなく、いかに日本人らしい取り入れ方をして具合よく扱うか。そんな日本人の知恵と工夫がたくさん隠れている。明治時代の職人の技と気概を感じ取ったとき、今の時代に活かせるヒントを見出せるのではないか。なんて思いつつ、村長としては皆様の来村をお待ちしておりますぜ。

file 22

ときめきシューズ

今、気に入っている靴がある。

白い革製のぺちゃんこ靴である。紐で結ぶデザインになっていて、調べたら、そういうのをレースアップシューズと呼ぶそうだが、一見、男靴のようだ。

そもそもは雑誌の撮影のために、仲よしのスタイリスト嬢、ユリちゃんが用意してくれたもので、履き心地がいいだけでなく、見た目もクールかつマニッシュでかっこよかったため、「あら、いいわね、この靴」と感想を述べたら、「このスタイルの靴は今年、流行りますよ」と解説され、たまには世の流行なるものに乗ってみるのもよいかと、その場の勢いで「買う！」と宣言した。が、ユリちゃんの手間を経た末、手もとに届いてしばらくは、なんとなく履くのがためらわれた。見ているぶんにはステキだが、汚れやすそうだし、だいたいどんな服の下に履くと似合うのか、自分に履きこなせるのかと疑心暗鬼になり、つい手が止まる。数

file 22

ときめきシューズ

カ月間は下駄箱で静かに眠る定めとなった。

実は（ともったいぶって宣言するまでもなく）、私は背が低い。かなり低い。長らく身長一五〇センチだと思っていたが、十年ほど前に定期健診の際、測ったら、一四八・五センチしかないことが判明した。「おかしいなあ」と首を傾げると、「もう一度、測り直しましょうか」と親切にも看護師さんが言ってくださるが、何度測ってみたところで結果は同じだ。つまり、歳を取って骨の隙間がすり減って背が縮んだということらしい。そのショックもあり、そのときに「これからはヒールの高い靴を履こう！」と心に決めた。

決めるは易し、行うは難し。

ヒールの高いパンプスを履いて鏡の前に立つと、足が十センチほど伸びた気がしてしごく満足な気持になる。少々似合わないかと思っていた服も、靴のおかげでぐっと垢抜けて見える。ところがいざそれを履いて出かけようとすると、たちまち気分が重くなる。必ずや足先が赤く腫れ、靴擦れができ、あるいは腰が痛くて歩けなくなるだろうと想像するからだ。実際、ここ数年は腰痛に悩まされている。どうしてもヒールの高い靴を履いて出かけなければならないときは、大きめの鞄にハイヒールを忍ばせて、移動の間はスニーカーのような楽な靴を履くようにしていた。

しかしそれもまた、荷物になる。さらに履き替えるタイミングが難しい。

あるとき、目的地であるレストランの入り口脇にて、鞄からハイヒールを取り出し、ビルのコンクリート壁を支えにしてそれまで履いていたペタンコ靴を脱ぎ、ゴソゴソ履き替えていたら、

「なにしてんの？」

一緒に食事をする予定の紳士に見つかって、恥をかいたことがある。そのあと店に入り、「お荷物、お預かりします」とハンサムな黒服スタッフに言われて手渡した鞄の口から薄汚いペタンコ靴が顔を覗かせていて、再度、赤面した。そういう事態を考えると、頑張ってハイヒールを履いて出かけるほうがスマートだ。でもきっと腰が痛くて歩けなくなるぞ。どうしよう、迷うな。玄関先で、どの靴を履いていくかに時間をかける日々が続いた。

前置きが長くなりましたが、そんな靴問題を抱えた日常に突如現れた、お洒落で粋な白いレースアップシューズだったのである。

よし。スーツやワンピースの下にスニーカーを履くよりは(それもまた、ニューヨークのビジネスウーマンのようでイカしているとは思いますが)、この白いレースアップ

file 22

ときめきシューズ

シューズのほうが、うんとお洒落に見えるだろう。そう気づいて以来、好んで履くようになった。

でね。履いてみたら、これが思いのほか、楽しいのである。楽チンなだけではない。自分がちょいとセンスのある女になった気分になる。しかも、想像していた以上に、どんな服にも合う。ジーンズはもちろん、幅広パンツにも、ミディ丈スカートにも、しっくりくる。と喜びつつ、このウキウキ感はなんじゃいなと考えてみたところ、その理由はデザインだけでなく、色にあることがわかった。

思えば夏のサンダルかスポーツ用以外にまっ白な靴を履いたことは、ほとんどない。白いハイヒールなんて、ウエディングドレスを着るときぐらいしか履く機会はないだろう。でもってウエディングドレスを着たことのないアガワは、白いパンプスを履いたことがない。真っ白のスーツを着て、靴まで白くしようという発想自体がない。だって派手でしょう。あら、アイドルデビューでもするんですかとからかわれそうである。そう堅く信じていた私の足下に、白い紐靴の姿がある。なんだか心が弾むのだ。解放された気分がする。

靴屋さんで靴を選ぶとき、履き心地、デザイン、値段に迷うことは数あれど、色に迷うことはさほどない。たいてい、黒か茶色かベージュに決まっているからだ。よほどの「遊び靴」を思い切って買ってみようと冒険するとき以外、靴選びの基準は、私の中で、「どの服にも合うこと」をよしとしてきた。むしろ靴を買いに行く前に、頭の中で「色」に関してはおおかた固まっている。たとえば愛用していた黒いパンプスがだいぶくたびれてきたので、「買い換えよう」という目的で靴屋を訪れる。あるいは冬物のブーツが欲しいと思ったら、「茶色か黒か。どっちにしよう」で迷う程度のことである。それらの選択肢の中に、「白」は入っていなかった。何度も言うが、夏のサンダルは別である。そんな思い込みの人生を過ごしていた私の前に、革製の白い靴の楽しみが初めて訪れた。

靴を白にすると、白のアクセサリーとのコーディネートも楽しめる。時計のベルトも白にしたくなる。単調な白いシャツを着ても、白い靴と合わせれば、ぐっとお洒落な女に見えませんかね。

その上、この靴ときたら、何時間履いて歩いても、まったく腰の負担にならない。お洒落なのに、実用本位の腰痛対策靴には見えないところが、いいじゃありませんか。

今、私は調子に乗っている。毎日のように白い靴と過ごしている。どんな服を着るときも、どこへ食事に行くときも、対談の仕事にも誰と会う日にも、白い靴

file 22

ときめきシューズ

の紐を締めて玄関を出ることが圧倒的に多くなった。あまり履き過ぎて靴先が少々汚れてきたものの、愛しい白靴は私の足が入るのを健気な様子で待っている。

「ものすごく愛用しているの」

最初に薦めてくれたユリちゃんに報告した。

「楽しいですよね、白い靴って。今年は特に流行ってますからね」

今年は特に？　ユリちゃんの一言に、私の顔が一瞬、こわばった。なに、今年限定の流行なのか。では、来年、白い靴を履いていたら、もはや流行遅れとみなされるのか。

新たな靴の悩みが訪れた。流行が去っても白い靴を履き続けるか。それとも今年限りの逢瀬と見限るか。いやいや、簡単には別れられない。世間にどれほど白い眼で見られようとも、かまうものか。だって愛しているんだよ、白靴ちゃん！

だから流行は嫌いだ！

file 23

二つ買いの幸せ

迷ったときは、三日考えて、それでも欲しいと思ったら、買いなさい。

誰にいつ教えられたかは、はっきり記憶にないけれど、ずいぶん若い頃に聞いて、なるほどこれは大事な教訓だと心に留めた覚えがある。だからといって、この歳になるまで律儀に守っていたわけではない。ときどき衝動買いをすることもあるし、じっくり考えた末に結局買うのをやめることもある。そしてそれぞれの買い方で、それぞれの成功と失敗を繰り返してきた。でも基本的には、ことに高価な品物に関して迷い始めると、とりあえずその教えが脳裏に蘇る。

ところが最近、ある女性にケロリと言われた。

「私は、『迷ったときは、買いなさい』と教えられて育ちました」

そんな教えがあるか？　迷ったのち、「三日」どころか「考える」こと自体を放棄し、そのあげく、「買わない」という選択もしないとは。唯一、「買わない」

二つ買いの幸せ

ときがあるとすれば、瞬間的に「いらん！」と思ったときだけということになる。

誰にそんなことを教えられたのかと、その若い女性に問えば、

「母です」

私は仰天した。浪費を積極的に勧める母親がどこにいる。かすかに憤慨し、しかし時間が経つにつれ、それも買いものの一つの知恵ではないかと思われてきた。

二十代の半ば、友達とアメリカを旅している折に、ある店で不思議な品を見つけた。高さ五センチほどの小さなアクリル製丸底フラスコが四つ、同じくアクリル製の箱型をしたスタンドに行儀よく横並びにぶら下がっているものだ。フラスコのくびれた首の部分がスタンドの丸いへこみにちょうど収まっていて、持ち上げると、ふらりふらりと揺れ動く。

「これはなんですか？」

聞くと、花を飾るための装飾品だという。ははあ、なるほど。小さなフラスコに水を張り、そこへ好きな花を一輪ずつ挿して飾ることのできるフラスコ型花瓶というわけか。

「可愛い！」

母へのお土産にもってこいだ。母は野の花のような可憐な花が好きである。よ

く庭から手折ってきては口の細いガラス瓶などに生けている。この花瓶なら、ガラス瓶よりずっと趣がある。

「よし！」と財布に手をかける。そして、その花瓶を二セット、持ち上げようとして、手が止まる。二つもいるだろうか。一つでじゅうぶんだ。でも一つは母のため、もう一つは自分のため。いやいや、やっぱり一つでいいな。ああ、迷う。そのとき頭に例の言葉が思い浮かんだ。しかし旅先での買いものである。三日も考える時間的余裕はない。せめてもう少し他の店や街を歩き回りながら考えて、それから決めればいいではないか。だいたい二つも買ったら荷物になる。

こうして私は一つだけ手に取ってレジへ向かった。しかしその後、その店へ戻る機会はなく、結局、母への土産を一つだけ携えて帰国した。

旅から戻ってのち、母の台所のシンクの奥に、ハナニラやミヤコワスレなどの可憐な花の生けられたフラスコ花瓶を見かけるたび、未練が募ったものである。

「あのとき思い切って二つ買えばよかった」

後悔してはみるものの、身についた吝嗇の遺伝子と優柔不断な性格はそう簡単に消えるものではない。あれから幾星霜。迷いに迷ったあげくの果てに、「やっぱりもう少し考えます」と言い置いて店を去り、しばらく後に戻ってみると、「もうあなたのサイズは売り切れました」とか、「売約済みです」とか、申し訳なさそうに頭を下げられたことが何度もある。そのたびに、「ああ、やっぱり買っておけばよかった」と悔やむのである。

だからこそ、「迷ったら、買いなさい」という言葉にギクリと心が揺り動かされる。

話は少々ずれるけれど、私の友人に、なんでも二つずつ買うと決めている男がいる。歯磨き粉、洗剤、電池、電球、野菜類……。安価な日用品にかぎってのことらしいが、だいたい二つ同時に買うのが趣味のようである。決して大家族ではない。独り暮らしである。なのに、なぜ二つ買うのかと問えば、

「なんか、安心するじゃん。もう一つあるって思うと」

たしかにいずれ消費するものだから、いつか必要になるのは間違いないが、なにも同時に二つ買わなくてもいいだろう。収納に困ることはないのか。しかし彼にとっては、「まだある！」という安心感のほうが優先するらしい。そのあたりまでは納得していたが、あるとき、その男、靴を五足、同時に買ったという。

「なんで？」

私はまたしても訊ねた。すると、

「だって豊かな気持になるんだもの。新品の靴が五足あると思うとさ」

うううう。そりゃそうかもしれないけどね。どうも、ううううう、である。

こういうヤカラはだいたいティッシュも二枚ずつ使う。箱からのティッシュを一枚つまみ、続いて出てきた二枚目もシュッと。ティッシュを二枚も使わなければもたないほどの大量の鼻水が出るのか。そんなに鼻が大きいのか。あのシュシュッと二枚引き出す音を聞くたび、私は心の中で悪態をつく。だいたい近頃の若者は、節約という精神を知らなすぎる。どういう教育を受けて育ったのだ……と腹を立てていたら、我が家の九十歳になる母が先日、ティッシュをシュシュッと二枚、引き出したので驚いた。

「なんで二枚も引き出すの！」

厳しい声で叱りつけたら、

「ちょっと擤《か》んでポケットに入れて、また使うから無駄にはしませんよ。ケチね、あんた」

ケチ呼ばわりされた。

話を戻す。「迷ったら、買いなさい」と「同時に二つ買う豊かさ」という言葉を友達に知らされて衝撃を受けた頃、仕事先で可愛い二枚のワンピースに出くわした。スタイリストの女性が用意してくれたものだが、どちらも可愛らしい。しかも着心地がいい。さらに、値段が手頃である。

「わ、欲しい、これ」

それから私は二枚のワンピースを右と左の手に持って、鏡の前で、「どっちにしようかなあ」と身体の前に当てて何度も見比べた。するとまもなく、

「二枚とも、買っちゃえ、買っちゃえ」

悪魔の囁きが聞こえてきた。スタイリスト嬢と我がアシスタントとメイクさん、みんながニコニコ顔で私をそそのかす。私は驚いた。

「二枚とも?」

そんな発想が私にはなかった。「そんな贅沢なことは……」と抗いながら、気づいたら、買っていた。

今、私のクローゼットには、新品のワンピースが二枚ある。こんな買い方がクセになってはいかん。ときどき自分を戒める。でもなぜか、豊かな気分である。

file 24

ローズピンクリターン

しまった、口紅を忘れた……。

外出先のお手洗いでバッグの中をガサゴソ探りながら、そう呟くことが何度あっただろう。でも最近は、呟いた直後に、ま、いっか、という気持になる。ついていなくても大差はない。そもそも私はすぐに口紅を食べてしまうらしい……、らしいと書いたのは、当人にさしたる自覚はないのだが、そう指摘されたことがあるからだ。しかしモノを食べれば唇は動くわけで、活発に動けば口紅が落ちるのは道理であろう。時間が経てば口紅は落ちるものだと思っていた。ところが世の中には「口紅の落ちないオンナ族」がときどきいる。いくら食事をしても喋っても、赤い唇はそのまま。「口紅が落ちないようにモノを食べるから」と言うが、私には理解不能だ。食べ物を口に入れる際、唇に触れることなく奥へ送り込むためには、歯を前に突き出さなければならないだろう。用心深く、唇が触れないよう、そっと、肉を噛みちぎる、なんてことができますか？　そんな食べ方をして食事がおいしいの？　そんな曲芸のような食べ方をするほうが、顔にシワが寄ると私は思う。まあ、人それぞれに守りたいものがあるだろうから、これ以上、文句をつけるのはやめますが、とにかく私には不可能なことである。

で、話を戻すと、そういうわけで、いくらしっかり口紅をつけたところで私の場合は早晩、間違いなく落ちる。だったら最初から口紅をつけていない女と思われているほうが気楽だ。もはやこの歳になると殿方の心をくすぐろうなどという意欲は皆無に等しい。若い頃は、「お、いいオンナだね」と思われたい欲がそこにあったが、もう別にね。化粧の出来ごときで人品を判断されたい年頃ではなくなった。そこでこの数年間は、だいたいグロスをつける程度で出かける癖がついてしまった。

しかし、思い返せば私が二十代の頃、口紅は「赤」と決まっていた。赤といってもオレンジ系とかピンク系とか、多少、ワインレッド系もあったけれど、とにかく一度、唇に塗れば「うわ、つけたな」と誰が見てもわかるほどに、そのインパクトは強烈だった。

「他のどのお化粧を怠ったとしても、口紅だけ塗っておけば、とりあえず体裁は保たれる」

それが世間の常識でもあったと思われる。実際、大学生のとき、いつも赤い口紅をつけていた友達が、つけ忘れたか、あるいはつける時間がなかったのか、珍しく何もついていない唇で現れた日があった。その顔を見た瞬間、

「具合悪いの？」

真顔で訊ねた記憶がある。その後、彼女がお手洗いから戻ってくると、いつもの赤い唇の元気な顔が復活していた。そのとき私は確信した。

「口紅の威力って、すごいんだ！」

だからといって彼女の真似をしようとは思わなかった。なぜか。なんとなく私の顔に真っ赤な口紅は似合わない気がしたからだ。私がたまに真っ赤な唇になると、「どうした、アガワ、唇から血が出ているぞ」とからかわれ、私がまぶたの上にブルーのアイシャドウをつけていると、「どうした、アガワ、目の上を殴られたか？」と男友達に笑われた。同じ年頃のオンナどもが皆、同じような化粧をしていて何も言われないのに、なぜか私だけが笑われた。「化粧は似合わない」と思い込んだのは、その頃である。

当時、私が好んでつけていたのは、アメリカに留学した友達から送られてきた、

file 24

ローズピンク リターン

今風に言えばグロスのたぐいの口紅だった。それは直径二センチほどの丸いアクリル製の容器に入っており、蓋には可愛らしい花柄の模様があしらわれていた。蓋を開けると半透明でオレンジピンク色をした軟膏が現れた。それを指先ですくって唇に塗る。たちまちストロベリーのようなバニラのような甘い香りと味わいが広がって、それがたまらなく心地よい。たとえて言えば、魔法の杖を振られてお姫様になったシンデレラの心境だ。自らの変身ぶりを鏡に映してみれば、おお、我が唇はキラキラと光っているではないか。

「あら、いやん」

色っぽい気質の皆無な私ではあったが、その瞬間だけは、ちょいと肩をすくめてカワイコぶりたくなるほどの高揚を覚えたものだ。

二十代半ばを過ぎてもいっこうに化粧に興味を示さない私に呆れたか、同い年の女友達が、「そろそろちゃんとした口紅をつけなさい」と、私の誕生日に一本、プレゼントしてくれた。それはアルビオンの光沢あるローズピンク色だった。私にとってはかなり赤い。また「血が出ているぞ」とからかわれやしないか。ところが、その口紅をつけて出かけると、誰もが「その色、アガワによく似合ってる」と褒めてくれるのだ。

「なるほど。こういう色なら似合うんだ」

にわかに自信がついた。そしてその口紅を大事に少しずつ、最後は筆でほじくり返すほど使い切った。もはや怖れることはない。私に似合う色を知ったのである。同じような色ならば、他の化粧品会社のものであってもいい。

こうして私は何年にもわたり、ローズピンクを目指して口紅を尋ね歩き、これぞと思う一本を購入し、使ってみた。が、なぜかピンと来ない。周囲の反応も鈍い。使いかけては手が止まり、新たなローズピンクを求める。その挙句、とうとう原点に戻らんとばかり、アルビオンの販売店を見つけると足を止め、事情を話し、それとおぼしき色の口紅を探してもらった。が、年月は経っている。もはや当初の口紅と同じものは見つからない。

「残念ながら、その品番はもう販売していないようですねえ」

手に入らないとなると、なおさら恋慕は募る。そして、それが我が生涯において最良のものに思われてくるのだ。

しかし口紅の流行は変わる。世の中はしだいに薄色の口紅を追い求めるようになった。ベージュ系や淡いピンク系がお洒落と言われた時代は長かった。真っ赤な口紅をつけようものなら、たちまち「ダサイおばさーん」と思われる。だから、似合っているのか似合っていないか知らないが、誰もがアムラー気分で白い唇を突き出して歩いた。

ある意味で私は楽になった。ほとんど唇を染める必要がなくなったからである。もはや愛しいローズピンクを探す手間も省ける。アムラーにまではなれないが、ついているかついていないかわからないほどの薄い色をつけていれば恥ずかしくない。と、ここ二十年ほど安堵していたら、最近、また濃い色の口紅が復活するんですって？　私は再び動き出した。我が家の口紅戸棚をひっくり返す。使いかけのベージュ系口紅が大量に出てきた。彼らに用はない。さらに奥を探ると、ローズピンクの口紅が数本。探しあぐねた日々の労苦が蘇る。懐かしい。これらを復活させるか。「油が変質しているから使うな」という声も聞くけれど、死にゃしないだろう。だって、もったいないもんね。

file 25

褒めたりけなしたり

自慢をするなと子供の頃から教えられて育った記憶がある。小学四年生のときに引っ越しをして、転校した。新たな小学校で同じクラスの女の子に、「前の学校で成績、どうだったの?」と聞かれ、私は返事に窮した。当時の成績表は五段階方式だったのだが、転校直前の学期で私はオール五を取っていたからだ。体育や音楽はまだしも、理科や社会は苦手だから五を取れるはずがない。この高評価に疑問を抱き、まっすぐ担任の先生の教壇へ向かい、「おかしいです」と直談判すると、「じゃ、落としてほしいのか?」と聞き返され、「いえ、落としてほしくは……ないです」とだらしなく引き下がった。おそらく先生は、まもなく転校して去っていく私へのご祝儀のつもりだったのだと思う。実力が伴っていないが、オール五をつけられたことは事実である。

自慢するな。でも嘘をつくな。親の教えとの板挟みになって、新しいクラスメー

トの質問の前で私は黙り込んだ。すると、

「四はいくつあったの？」

友達の追及がさらに鋭くなった。

「……ない」と私は小声で答える。

「じゃ、三は？」

「ない」

「二は？」

「ない」

「一は？」

「……ない」

「じゃあ、オール五しか残らないじゃない」

そしてその友達は、

「やだあ。アガワさんって、嘘ついてるんじゃないのぉ？」

そばにいた数人とともにケラケラケラッと笑って去っていった。まあそれは、転校生の通過儀礼の一つだったと今になれば笑って話せるけれど、当時は深く傷ついた。嘘はついていない。が、自慢したことにはなるかもしれない。では、自慢するのを避けて嘘をつけばよかったたか。

「成績？　ぜんぜんよくないよぉ。まあ、中の下くらいかな」

今、考えても正解がわからない。

もっとも私の成績はそのときを境にして見事に下降線を辿り、その後、謙虚を装う必要はまったくもってなくなったのだが、「他人がどう思うだろう」というオドオドした性格だけが私の身体の芯の部分に残骸として生き残った。

ときを経て、三十歳を目前にひょんなきっかけでテレビの仕事を始めた。「ひょんなきっかけ」とは、思えば（思わなくてもわかるか）いわゆる親の七光りであって、私には司会者としての能力も経験も、ニュースを読み取るジャーナリストとしての見識も何もないのに、突然、報道番組のアシスタントを仰せつかったのである。ならば引き受けなければいいではないかと思われるだろうが、そこはときおり、無能を好奇心が凌駕するという私の性癖が背中を押した。ついでに言うならば、「他人がどう思うか気になる」性格の延長線上に、他人から「やってみましょうよ、あなたならできる！」と言われるや、たちまち「あら、そうかも」と図に乗る傾向があることも後押しとなった。しかし、内心は仕事を始めた瞬間からその後何年もの間、自信のなさと無力に対する後ろめたさが尾を引いた。

file 25

褒めたりけなしたり

そんなとき、さる団体から講演の依頼を受けた。自分より年配の企業人たちの前で、社会経験希薄な私に話をしろという。しかし、私がなんの話をすれば、みなさんは喜んでくださるのだろうか。少しは他人様のお役に立つような内容でなければならないだろう。だからといってろくな構想もまとまらず、そもそもは結婚しようと思っていたのですが誰にも拾われないまま過ごしていたら、たまたまテレビの番組にシロウトながら司会として雇われ、そのうち文章も書き始め、ボスや編集長に叱られながら、ぼちぼちやってます、といった話をして壇を降りたら、講演会ののちの懇親会にて、見知らぬ年配の男性に声をかけられた。

「君は謙遜しているつもりかもしれないが、過度な謙遜はイヤミに聞こえるから気をつけたまえ」

グサリと言われた。過度に謙遜しているつもりはないし、嘘でもない。が、そんな話は聞いていて不愉快だということらしい。なるほどね。落ち込みながらも学習した。

たしかに過度な謙遜が他人に嫌な印象を与えることはある。

「あたしなんて、ぜーんぜん人気ないし。アガワさんはうらやましいわあ。どこへ行っても嫌われることってないでしょ？」

機関銃のように自らを卑下し、こちらを立ててくれる人に会うと、有り難いとは思うものの、反論するタイミングすらつかめずに困惑することがある。しかし、たとえば、

「うわ、かわいい、そのセーター」

不意打ちの褒め言葉を食らうと、反射的に、

「違うの、バーゲン、バーゲン」

なぜ褒められるとムキになって否定したがるのだろう。褒められたら素直に「ありがとう」と言えばいい。と、アメリカ人の友達に注意されたが、この癖はなかなか直らない。

と、自分を含めて日本人は、他人から「一人で優越感に浸ってるんじゃねえよ」と揶揄されないために、少なくとも公に向かっては自慢を控えよう（個人的に、あるいは無意識には誰だって自慢していると思いますけれど）、謙虚な態度を示そうと努める国民だと思っていた。が、最近、どうもわからない。

ネット上にて、どうしてあれほど自分の幸せを不特定多数に知らせたい人が増えているのだろう。見て見て、ウチの猫ちゃん、可愛いでしょ。ほら、ホテルでこんな豪華ランチ、してきました。そう発表する者に対し、多くの受け手が「い

いね！」と反応することを余儀なくされている。しかも、この「いいね！」の数に投稿者は一喜一憂するらしい。加えて「やだね」というボタンはない。しかしこれが、いわゆる掲示板のような見知らぬ相手となると、一変して手厳しい。「どこの評論家だ？」と思うほどの横柄な口ぶりで、批判的な一言が書き添えられている。生身の人間が目の前にいて、こんな言い方で批評するだろうか。言われた人がどう思うか想像しないのか。名前を名乗らなければ何を言っても自由ということか。

ネットの発達によって大いに便利になった側面はたしかにあるし、その恩恵は私も受けているけれど、同時に大いなる違和感を抱く。面と向かって互いの顔を見ながら、褒めたり、ちょっとけなしたり、謙遜しつつ相手の出方を量ったりしていた頃とは、どうも人間関係の作り方が根本的に変わってきたような気がする。素性の知れた間柄ではむやみに褒め、知らない相手には思い切り横暴になる。なんだか、へん！

file 26

首巻き族の変遷

首に巻くものが恋しい季節になった。夏の間はもっぱら自宅でタオルを巻き、汗を拭き、手をぬぐい、鼻がしらの脂を取り、あまりの心地よさにそのままの格好で出かけそうになることもしばしばであったが、これからはその心配がなくなる。というのは嘘でした。

実のところ、寒い日にも首にタオルを巻くのが趣味である。特に風邪気味のとき、首の後ろをタオルで保温し、タオルに汗を吸収させる療法はたいそう有効だと私は信じている。たとえ首に巻いていることを忘れて出かけてしまっても、夏と違って冬場なら、その上にマフラーをかぶせれば人目にはつかないから安心だ。

そういう色気のない話をするつもりではなかった。久々に冬物のしまってある棚を開けてみたところ、あらまあ、私ったら、こんなにたくさんマフラーや大判のストールや、あのインド製の薄地の……、そうそう、パシュミナを持っていたかしら。いったい何枚持っているのかと、数え始めて驚いた。ピンク、オレンジ、パープル、ブルー、濃いブルー、白、黄色。パシュミナ以外にも、黒やグレーのウールマフラーが出てくる出てくる。柄物のストールも、水玉、ヒョウ柄、チェック柄、花柄にペイズリー柄ときたもんだ。あるある。

私一人の首にはとうてい巻き切れない。日替わり弁当じゃあるまいし、毎日、取っ替え引っ替え身につけることもないだろう。使う頻度の高くなさそうな色は、どなたかに差し上げようかしら。一瞬、その考えが頭をよぎる。が、一瞬ののち、その考えは消えていく。

なぜか。

いつ、何色が欲しくなるか、わからないからだ。

おそらくパシュミナの出現が発端と思われる。ご婦人へのちょっとしたお礼や贈り物に、パシュミナは重宝した。決して安物ではない。趣味を問わない。何枚何色持っていても、無駄にならない。ついでに荷物にならない。

「これ、お持ちください」

「あら、もしかして、パシュミナ？　うわ、嬉しーい！」

贈っても贈られても、コストパフォーマンス高き一品だった。

こうしていつのまにか、私のクローゼットにパシュミナが色見本のように増えていた。今日は何色を首に巻こうか。コートは黒だけど、中に着る服がブルー系だから、パープルのパシュミナで合わせましょう。今日はピンクのセーターなので、ピンクのパシュミナがぴったりだ。

パシュミナ遊びが数年続いたのち、世間では万能大判薄手ストールが流行り出した。これがまた、柄や素材の目新しさだけでなく、フリンジ付きやタマタマ付きや、金属鎖付きなどデザインもさまざまで、あら、これ可愛い、それ、ステキと、ストール欲は底知れず。いつの頃からか、首巻き類だけで大きな収納箱が満杯になり始める。

子供の頃、首に巻くものはマフラーと決まっていた。それも手編みのマフラーである。編み物を始めた中学生時代、編むのはもっぱら手袋かマフラーだった。友達の家に泊まりにいって、夜を徹しておしゃべりをしながら弟のマフラーを編んだこともある。友達同士で手編みや手作りのマフラーを贈り合ったものだ。手編みに続き、イギリスチェックの布屋さんで気に入りチェック柄の生地を三十センチほど買い、端がほつれないよう縫い目を入れてマフラーにするのが流行った。あの頃、誰もがセーラー服の上にチェック柄のマフラーをしていた。

file 26

首巻き族の変遷

大学生になり、にわかにスカーフが流行り出す。女子大生は白いシャツの襟の下にスカーフを巻き、その上に金の鎖を下げるのが通例だった。イヴ・サンローラン、ピエール・カルダンあたりのスカーフはまだなんとかなったけれど、さすがにエルメスまでは高くて手が届かなかった記憶がある。その憧れのエルメスのスカーフを手に入れたのは、私が初めてテレビのレポーターとしてフランスへ取材に出かけたときだった。

取材の中盤で私はスリに遭い、ほとんどの持ち金を盗まれた。一人旅ではなかったから旅に支障をきたすことはなかったが、お金がないから個人的な買い物ができない。その旅で買えたものは、数枚の絵葉書だけである。しかし、旅の最後の夜、同行したディレクターやカメラマン諸氏と晩ご飯を食べたとき、

「ジャーン！　誕生日、おめでとう！」

仲間全員からのプレゼントだと、リボンに巻かれた薄くて四角いオレンジ色の箱が差し出された。誕生日の直前にスリに遭った私を不憫に思い、取材クルー全員がお金を出し合って私にエルメスのスカーフを買ってくれたのである。なんという粋な計らい。いまだにエルメスのスカーフと聞くだけで、私の脳裏にあの夜の光景と、涙が出るほど嬉しかった瞬間の興奮が蘇る。白地にえんじ色の、馬具

の模様の描かれたそのスカーフは、三十年以上たった今でも大切に持っている。けれど、私の冬の装いに頻繁に登場するわけではない。

時代はいつのまにか、ブランドスカーフから大判のストールへ変化していた。薄くて大きなストールは旅に欠かせぬ友である。あるときは首に巻き、あるときは太い腕を隠し、あるときは膝かけとして、そして不要となればひっそり鞄の隅で待機する。ストールは謙虚である。そのくせ活躍力がある。いくつあっても困らない、飽きない、場所を取らない。だからどんどんたまっていく。

「さてさて、どうしたものか……」

大量の首巻き族を見つめながら、私は溜め息をつく。そこでふと、思い出した。

「あのマフラーは、ないのね」

二十代の半ば、織物作家を目指してひたすら機織り機に座っていた修業時代がある。特に磨きたかったのは、ヒツジの毛を好きな色に染めて、梳《す》いて、撚《よ》って、自分で作った毛糸を使って作るホームスパンの技術だった。そのホームスパンの最初の作品が、マフラーだった。青と紫と緑とグレーの色に染めた羊毛を程よく混ぜて糸を撚り、縦横に織り上げたマフラーを、私はしばらく自分の首に巻いていた。いい色ね、自分で織ったの？　わあ、すごい。周囲からの賞賛の声を耳にしながら、私はそのマフラーをこよなく愛でた。毎日、巻いて、出かけた。記念すべき作品第一号である。生涯大切にしようと心に決めていた。

そしてある夜、私は飲み会に出かけて泥酔した。店を出てしばらくは首に巻いていた覚えがある。が、家に辿り着き、服を脱ぎ、そのままベッドに倒れ込んで朝を迎え、そしてマフラーのないことに気がついた。その後、何度か、歩いたとおぼしき道を辿ってみたが、出てこなかった。

もはやあんな手織りのカラフルマフラーを持つ歳ではなくなった。たとえ手元にあったとしても、きっと巻くことはないだろう。なのになぜか、未練が募る。もう一度首に巻きたい。なんであんなに酔っ払ったかねえ。

file 27

バッグの憂鬱

ハンドバッグは大嫌いだ。憎悪していると言ってもいい。

これは私の台詞ではなく、偉大なる脚本家で映画監督だったノーラ・エフロンの言葉である。私が翻訳した彼女のエッセイ集『首のたるみが気になるの』（原題は『I Feel Bad About My Neck』集英社文庫）の第二話、「バッグは嫌いだ」の冒頭にそう書かれている。残念ながら数年前に亡くなったので、エッセイとしては本書が彼女の遺作となった。

え、ノーラ・エフロンを知らない？ そうなんだなあ。私にとって、スタバを教えてくれたのは彼女だし、ニューヨークの粋な会話といえば、ノーラ・エフロンがまず頭に浮かぶくらいの存在だが、今の若い人たちは彼女の名前にさほど馴染みがないらしい。しかたのないことだ。誰もが独自の英雄を抱えている。自分が多感な時期に、悩み、うずくまり、そして立ち直らんとするためのよすがを求めていたタイミングに出会った英雄、名作、名曲は、その後どれほどの年月を経ても色あせることがない。しかし自分にとってどんなに時代を超える宝物であろうとも、同種の「ドカーン！」を共有しない世代には、その存在すら「ふうん」の対象となってしまう。

で、ノーラ・エフロンの残した数々の名画名作について、ここで語り始めると切りがないので割愛するが、私が申し上げたいのは、バッグをめぐるノーラ・エフロンの考え方に、私自身は大いに共感したという話である。

いわく、「バッグはその人の人生そのものである」。

本当にそうだと、私は思わず膝を打ち、本を叩き、自らのバッグを叩いて、笑い転げた。だって、どれほど高価で洒落たバッグに持ち換えたところで、さほどの時を待たぬうち、その中身は必ず同じ景色となるのである。

ノーラ・エフロンのバッグの中ではミント菓子や頭痛薬が散乱し、いつの旅のものともわからぬ飛行機の搭乗券の片われや、包装紙から飛び出しているタンポンや、インク漏れしたボールペンや、使用済みか使用済みでないかの区別もつかないティッシュペーパー、開き切ったむき出しの歯ブラシなどが、ぐちゃぐちゃ、くしゃくしゃに混在しているらしい。当然、その合間には、手帳、携帯電話、財布、コンパクト、口紅、ついでに、それらが整然と区分されるはずのバッグインバッグらしきものも入っているのだが、なぜかすべてが整然とは程遠い「人生の残骸」となって蓄積していくというのである。

　私は自らのバッグに手と首を突っ込んで、確認を試みる。するとどうしたことか。ノーラのバッグの中身とさほど違わないではないか。違っているのは頭痛薬とタンポンと搭乗券の片われぐらい。ブレスケア用のフリスクはあるし、開き切ってはいないしむき出しでもないが、出張先のホテルから持ち帰った歯ブラシもある。フリスクは散乱していないけれど、かわりに包装紙の内側で粉々に崩れ切ったクッキー。こんなもの、いつ突っ込んだっけ？　新幹線のグリーン車に乗るたびに、いずれ役に立つと思って溜め込んだ紙おしぼりが三つ四つ。いつも「ない、ない！」と騒ぐので放り込んでいるうちに、なんでこんなに溜まったかと驚くほどの本数のボールペン。搭乗券ではないが、芝居やコンサートのチケットの片われと、だいぶ前にプレイしたゴルフのスコアカード。かゆみ止め、目薬、消しゴム、輪ゴムにクリップ、いずれ財布に収めようと思ってそのままにしてある領収書、見直すのも恐ろしい（どこで会った人か思い出せない）名刺の束。加えて当然、各種カード（クレジットカードからポイントカードに至るまで）と領収書でみっちり膨らんだ大判のお財布や名刺とメモ書きでこれまたメタボ状態の手帳、スマホに老眼鏡が二ケース（もし一つを見失ったときのことを考えると不安なので）、リップグロスとコンパクトと拡大鏡と、ときどき耳かき、たまに毛抜きも。

「アンタのバッグはなんでこんなに重いの？」

老齢の母の膝にちょっと置いただけで毎回、呆れられる。しかしこれでも几帳面族のように折りたたみ傘は入れてはいないし、突然、荷物が増えたときに備えて小さく畳んだビニール袋を片隅に押し込んでおくこともしない。

たまにバラエティ番組で、「ハンドバッグの中身を見せていただくコーナーがあるのですが」と問われることがある。私はきっぱりお断りする。それが出演の条件だと言われたら、どんなにギャラが高くても、出演そのものを辞退する……だろう……と思う。そんな高額ギャラの依頼を受けたことはないけれど。

どちらにしても、そんな恥ずかしいことをどうして公表しなければいけないのか。他人にバッグの中身を覗かれるのは、そこで裸になれと言われることにほとんど等しい。いや、裸になれと言われるほうが、よほどましだ。まあ、そちらとて、今や誰にも望まれませんけれどね。

さらにバッグに関してノーラ・エフロンと気が合う点は、そういうわけでなぜかハンドバッグがどんどん重くなっていくのに耐えられなくなるところだ。

その問題に対してノーラは、いっそハンドバッグなしの生活をしようと、あるとき決意する。バッグのかわりに巨大なポケットのついたコートを着て出かけることにしたのである。これがどれほど便利で不便だったかについては、詳しく記されていない。アイディアはユニークだが、必ず破綻する日が訪れるのは目に見えている。少なくとも身長一五〇センチしかない私がその方法を真似しようとしたら、いずれコートの裾が地面を擦るか、あるいはコートの重みで肩と腰と膝を痛めることになるだろう。それに、お店に入ってコートを預けるときはどうするのか。「あ、ちょっと待ってくださいね、ポケットから必要なものを全部、出しますから」。

出してどこに置く。その疑問にノーラは答えてくれなかったが、巨大ポケット策は彼女の脳裏からいつのまにか消滅したようである。

こうして試行錯誤の末、ノーラは最後に「これぞ妙案!」にたどり着いたと、そのエッセイでは締めくくっている。その答えがなんであるかはさておき、私は必ずしも同意していない。

実のところ、私はいまだに結論を出せないままである。ノーラ同様、あるとき

file 27

バッグの憂鬱

から、革のバッグを持つことを断念した。でもバッグは必要だ。そこで、革よりはるかに軽量な布でできたハンドバッグをもっぱら愛用するようになった。だからといってバッグの中身が美しく整理されたわけではない。革のバッグを持つときよりは、少し軽くなっただけである。きっと私は死ぬまで軽量布製バッグと、そこに内包された自らの憂鬱とともに生きていくことになるだろう。

ところがここで、新たな事態が発生した。

とあるゴルフコンペにて、もんのすごく可愛いバッグを景品で当てたのである。品のいい赤色で、素材は革ではないけれど、ビニール紐で編み込まれ、銀の鎖もついていて、バッグだけで十分な重量のあるシロモノだ。

「是非、愛用してくださいね。アガワさんにたいそうお似合いですよ」

手渡されたとき、みんなにうらやましがられた。私自身も心から嬉しかった。しかし、ここに私の人生の残骸を蓄積していけば、きっとこのバッグは泣くだろう。なぜ、なんでもかんでも私の口に突っ込むの？　なぜ私をそんなに太らせるの？　バッグの悲鳴が聞こえそうだ。ついでに持つたび、私も「重い！」と悲鳴を上げるに違いない。使うかな……。赤い愛らしいバッグをなでつつ、私はただ今、思案中。

file 28

髪をいじる女

自分の出演した番組をときおり見る機会がある。くまなく見るほど自らに興味はない。が、ときどき、調子に乗って不穏当な発言をしなかったかしら、気づかぬうちにアップで撮られていて、老けた顔をしていなかったかしら、などと不安になり、こっそり覗いてみたくなる。そんなとき目に飛び込んでくるのは、おぞましき目尻のシワだったたり頬のたるみだったりするのではあるが、もう一つ、「なんでそう何度も繰り返すんだ！」と自分自身にツッコミを入れたくなるような動作をしていることに気づく。

すなわち、髪の毛をいじるのだ。それもけっこう頻繁に。

他人様の話に反応し、ガハガハ笑いながらふと、中指や人差し指を使って前髪を軽く撫で揃えたり、あるいは後れ毛を耳にかけたり……。見ていると、少々目障りである。しかもその目障りの対象が自分なのだから、なおさらのこと腹立たしい。

髪を触る側の言い分からすれば、おそらく無意識の仕草であり、その無意識の底には「前髪がわずらわしい」とか「乱れていてはみっともない」とか、そういう気持の表れであろうと推測される。実際、私は緊張すると、むやみに「わずらわしい」度合いが増す傾向にある。楽屋では気にならなかったスカートのウエストのきつさやアクセサリーの重さや袖の長さなど、許されるならば全部取っ払いたい気分になる。だからつい「わずらわしい」箇所に手が伸びる。少しでも「わずらわしい」部分を改良したくなる。その延長線上に、前髪や、耳に覆い被さる髪の先が気になって、思わず手が伸びるのだろう。

しかし一方で、それらの仕草を見ている側の言い分からすれば、実に落ち着きがなく、さらに穿った見方をすると、自意識過剰であり、あえて言うなら、あまり上品とは言えない。

ずいぶん前、喫茶店である女性を見かけたことがある。彼女はコーヒーを傍らに、本か雑誌を読んでいた。身体を前屈みにしてテーブルに広げた本に没頭している様子だ。そしてときおり、片手を頭の上に持っていき、何をするのだろうかと見ていたら、指先を使って頭髪を一束つまみ上げ、クリンクリンと巻き始めた。

クリンクリンクリンクリンと、最後まで巻き上げると髪の毛は反動でほどける。するとまた最初からクリンクリンクリン作業を開始する。そのうちに、もう一方の手も頭に上がった。そしてその指先で、最初の髪の毛とシンメトリーな箇所にある髪の毛を一束つまみ上げ、クリンクリンを始めたのである。つまり、両手を使って左右の頭の頂上の髪の毛を、同時にクリンクリンクリンクリン。驚いた。そしてちょっと笑った。愛らしいといえば、愛らしくも見える。きっとその女性は幼い頃から、本を読むとき、あるいは何かに夢中になると、髪の毛をクリンクリンいじるのが癖なのであろう。ただ、子供ならいざ知らず、大人になって、しかも公共の場において、両手を頭に載せてクリンクリンは、あまりエレガントとは言いがたい。

以来、私は「オンナの髪のいじり方」に関心が湧いた。観察していると、けっこう自らの髪の毛を頻繁にいじる女性は多い。

女学生の時代には誰もがしょっちゅう、枝毛探しをしたものだ。残念ながら私はショートヘアだったので、髪の毛が目の前まで届かない。枝毛を探そうと思ったら、洗面所の前でじっくり鏡と対面しながらやるしかなかった。が、ロングヘアの友達は、髪の毛が長い分、毛先の傷みも目に入る。その上、毛先を目の前に持ってくることもできる。だからひっきりなしに枝毛を見つけては、指やハサミでぷちんと切り落としていた。ついでにまわりの友達も、ロングヘアの彼女の枝毛を見つけたくて、暇を見つけてはそばに寄り、毛先に目を凝らしていた。その光景はまさにサルの親子の毛繕いにそっくりだった。

しかしそういう仕草は、きちんとした場では御法度だった。

「やめなさい。他人様の前で」

親や年配者に注意されることもままあった。自分の髪の毛をやたらにいじるのは、不作法です。叱られた記憶があるせいか、どこそこ構わずひっきりなしに髪の毛をいじる女性を見かけると、どうしても目がそちらへ行ってしまう。

玄関のベルがピンポーンと鳴って、「はあーい」と応じるお母さんやご婦人が、玄関に向かって小走りしながら思わず髪の毛に手を当てて、整える仕草をする。あれはいいですね。身だしなみのよさと、オジサンのような発言で恐縮ながら、かすかな色香が伝わってくる感じがする。

「はい、これから写真を撮ります」と言われると、反射的に手が頭へ行って、数本の指先で髪の毛を持ち上げようとする。あれはまあ、我々の世代の女性なら、だいたい実行するんですね。つまり、ボリュームのなさが気になるお年頃でありますので。でもあれも、あまり人前で頻繁にするのは、よろしくないかもしれない。やってますが、私。

食事中にテーブルの前で、食べ物を口に入れようとするたびに身体を斜めにし、長い前髪を思い切りかき上げる女性は、どうなんでしょう。そんなに髪の毛が邪魔なら後ろで縛って召し上がったらどうですかと、ちょっと小声で申し上げたくなるが、同じ動作をバーのカウンターなんぞでされると、「お、カッコいいね」と思ってしまうかもしれない。この違いはなんなんだ。

話は少しずれるが、料理番組で若い女性がガス台の前に立ち、髪の毛を垂らしている姿を見つけると、ほぼ同時に中学の家庭科の先生の声が蘇る。

「三角巾をかぶりなさい。髪の毛が料理に入るでしょうが！」

思えば昔は料理の時間には三角巾を頭にかぶって調理したものだ。さすがに家ではかぶらなかったけれど、「髪の毛が料理に入る恐れを常に意識しろ」という教えは、今でも頭の片隅に残っている。

さてつまり、女性が髪の毛をいじる仕草について総括してみると、どうもこれは性的な連想につながるからではあるまいか。そのことを、オンナは無意識の中で知っているのではあるまいか。だからこそ、バーカウンターのような場所で長い髪の毛をかき上げられるとグッとくる（って、私がグッときてもしょうがないのですが）けれど、仕事の最中に目の前でやたらに髪の毛をいじられると、なんとなく居心地が悪くなる。そして私もできるだけ、必要以上に髪の毛に手を伸ばさないよう心がけようと思います。だから別のところでどんどん手を伸ばせばいいんですよね。どこでって、まあね。

file 29

カランカラン族

テレビ局やホール、ホテルなどの公共トイレに入ると、どうも気になってしかたがない。周辺の個室から聞こえてくるのである。

カランカランカランカランカランカラン。

トイレットペーパーを繰っている音らしいのだが、いったいいつまで続くのかと思うほど長い。

カランカランカランカランカランカランカランカランカラン……。

私は座しながら小さい声で悪態をつく。

……どんだけお尻の穴がでかいんじゃ？

失礼いたしました。少々下品でした。

しかし、これが特定の個人にかぎらないから驚く。ここ数年、外で用を足そうと個室に入るたび、まるで現代における恒例の音色かと思いたくなるほど頻繁にこの音に出くわすのだ。音姫効果をも凌駕する高らかなカランカランの響きを耳にしつつ、私は決意する。よし、犯人の顔を確認してやろうじゃないの。そしてできるだけ早く自らの用を済ませ、立ち上がり、急いで下着やストッキングを引き上げたり、お腹をひっ込めてチャックを閉めたりする。が、カランカラン族はおしなべて手際がよろしいようで、あっという間に水を流し、ドアを開け、シャシャッと手を洗い、グオーンと手を乾かし、さっさとトイレから去っていく。待て、待て待て待て。その顔を見届けてやろうと思っているのだから、ちょっと待ちなさい。と、私は焦って身繕いをするけれど、加齢のなせる業か、はたまたそもそも動作が鈍いのか、なんとしても間に合わない。ようやくトイレを出て、周囲を見渡し、アイツか、それともコイツかと、おぼしきオナゴに視線を向けるが、現場を押さえていないかぎり睨みつけるわけにもいかず。しかたなく、次回の機会を待つことにするのだが、いまだ現行犯確認のできたためしはない。だから、いったいカランカラン族がどういう世代のいかなる種族であるか、どんな共通項があるのか、その実態はとんとわからぬままである。

それにしてもなぜあれほどにカランカランと派手に音を立てる必要があるのか。

これは私の推測に過ぎないが、最近の潔癖志向と関係しているのではないかと疑っている。どこの誰が手に触れたものかわからないペーパーホルダーにはできるだけ触れたくない。だからホルダーの先に出ているトイレットペーパーの端っこを最低限の指を使ってちょいとつまみ上げ、ひたすら引っ張る。他のところは一切触らない。当然、カランカランの元凶となりうるステンレス製のカバーをもう片方の手でかすかに持ち上げるなどという心遣いが働くわけはない。だからペーパーの切り口が汚い。ほどけたフンドシのようにだらしなく垂れ下がっている。

さらに、何ゆえそのカランカランが長く続くのかというと、私の勝手な推測としては、彼女らが他人の触ったところに手を触れたくないばかりでなく、自らの汚物とも極力、距離を置き、感触すら覚えたくないと思っているのではないか。だからカランカランとなると、できるだけたっぷりトイレットペーパーを使いたい。だからカランカランは永遠に響き渡る。もったいないなどという考えはもとより湧かない。不潔と対峙するためには、大量に消費すればよいとの思考に基づいて、その結果がカランカランカランカランカランカランにつながるのではあるまいか。

かつて女友達と旅をしている途中、何かの拍子に、「トイレットペーパーをどれくらい使うか」という論議に及んだ。

「どれくらいって、長さ？」

「そうそう。ミシン目でいうと、いくつぐらい？」

「そうだなあ、二つかなあ」

と、私が答えるや、

「そんな少ししか使わないの？」

「まあ、そのときの紙の質とか状況にもよるけど。シングルかダブルかによっても違ってくるしね」

「でも、とにかくミシン目で二枚分ってことね？」

「じゃ、アータはどうなの？」

私が問うと、友人は、

「私はだいたい四つか五つ目のミシン目で切り取って、それを畳んで使うわ」

「そんなに使うのか!?」

私は驚愕し、目の前の友を「贅沢だ！」と非難に満ちた目で睨み、そんな使い方では早晩、資源は枯渇する、拭き方を工夫すればそれほど大量に使う必要はないだろうと説教まで垂れた。あれから幾星霜。お手洗いへ行くたびに、小さく反省している。あのとき私はたしかにミシン目二つ目で切り取ると豪語したけれど、実際には時折、もうちょっと長く使っていることに気づいたからである。ごめんね、ダンフミさん、ちょっと吝嗇の見栄を張りすぎました。

だからといって、昨今のカランカラン族ほど長くは無駄に使っていない。目撃したわけではないが、あの音から察するに、きっとミシン目の数にして十や二十は束ねているはずだ。それもたった一回拭くためにであろう。なぜならカランカラン音は一回の入室で何度も、何回も響き渡るからである。

ここでしかし、百歩譲って、トイレットペーパーをたくさん使用することを認めよう。しかし、あのトイレ全体に響き渡る騒音はなんとかならないものか。その無神経さ、大胆さ、自己中心的態度を注意する人が、教育過程において誰もいなかったのか。

親の顔が見てみたい。昔の大人はことあるごとにその言葉を口にして、若い世代を脅迫した。いったいどういう教育を受けて育つとそんな態度が取れるのか。昔の子供の悪行は、おおむね親の責任と看做《みな》された。だから親たちは緊張したのである。自分の子供が世間に出て失礼のないように。不作法を犯さないようにと。

私は両親に、トイレットペーパーを必要以上に使うなと注意されたことはないけれど、不要に音を発すると、「静かにしろ!」とたちまち叱られた。父が自宅で仕事をする職業だったから、子供が騒いだり音を立てたりすることに、ことのほか厳しかった。が、そのおかげで私たち家族は皆、まるでコソ泥のように音に対して神経質にならざるを得なかった。ドアをバタンと勢いよく閉めると、「なんだ、その閉め方は!」と怒鳴られるし、父の書斎の前にあるお手洗いへ行くときも、父の仕事に障らないよう、抜き足差し足、眠る赤子を起こさぬ心構えで挑んだ。そうだ、きっとその習慣のせいだ。お手洗いでは(生理音はしかたないとして)極力、音を立てたくない。そうしないと父にまた怒鳴られる。この条件反射的恐怖が蘇るからこそ、今どきのカランカランカランに腹が立つのかもしれない。でも、私には父のように大声で叱責する勇気がない。かろうじて、下着やストッキングをゴソゴソ上げながら、

「親はどういう顔してるんだ、まったく!」

一人個室で呟くのが精一杯である。情けなや。だから今の大人は舐められるのね。

file 30

品格と我慢

作家の伊集院静氏が新刊を出された。週刊文春で長く連載しておられる人生相談の質疑エッセイをまとめた三作目で、タイトルは『女と男の品格。』である。出版を機に、「品格について対談してほしい」と版元の某月刊誌から依頼された。

私が？　伊集院さんと？

伊集院兄には日頃よりお世話になっている。ゴルフを教えていただいたりご飯をごちそうになったり。それこそ週刊誌に相談を寄せる読者同様、「どうしよう」とか「やだなあ」とか「困ったよお」とか悩むたび、

「それはね、グワッ！」

鶴の一声かライオンの雄叫びか。はたまた座禅僧の警策の一打のような、名人鍼灸師の一刺しのような、真髄を突いた見事な一言を返されて、私は、「ああ……」と安堵し、気がつくとすっかり楽になっているという次第である。

file 30

品格と我慢

そんな人生の達人、伊集院兄と伍して私ごときが「品格」について語れるか？　危惧しつつ赴いた対談先にて、案の定、私は「語る」に至らず、もっぱら伊集院さんの豪快かつ明快な語りの数々に「ほう」とか「へえ」とか感服の相づちを打つばかりで帰ってきた。

さて伊集院さんがどんな話をされたのか。それは掲載誌をお目通しいただくことにして、対談後、遅まきながら私は改めて「品格」について考えた。

いつもこうだ。その場では浮かんでこない。的を射た質問、気の利く答え、話題を広げるに値する洒落たエピソード。何も思いつかぬうちに時間は過ぎ、すべてが終わったあとに気づく。あの話をすればよかった、こう聞けばよかったと。『聞く力』という本を出しておきながらお粗末ははなはだしいけれど、現実にはそういうことが多い。

ならば事前に考察しておけばいいではないかと叱られるが、そういう用意周到、準備万端方面の能力が私にはなぜか欠落している。そうじゃなくて、努力しなさいってハナシでしょ？　おっしゃる通りです。

しかし実際問題、事前準備を怠らなければ気の利いた会話ができるかといえば、そうとはかぎらない。直前に準備をしすぎると、蓄えた材料ばかりに脳みそを占拠され、相手の話が頭に入ってこない結果に陥りやすい。相手から発せられた言葉をしっかり受け止めて、その上で「その話を聞いて思い出したのですが……」と自分の脳の奥底に潜む抽斗に手を伸ばすような容量の大きさを常日頃より蓄えておくことが大切だ。つまり、一見、反射神経的に思われる反応は、相撲力士の「日々の鍛錬あるのみ!」と同じと言える。日々、鍛錬していなければ、いざというときにその能力は発揮されるべくもないということであろう。

で、なんのハナシでしたっけ。ああ、品格ね。品格もしかりである。直前の備えでは間に合わない。ならば遺伝子か。はたまた育った環境のなせる業かといえば、そういうことでもないような気がする。すなわち、誰しもが年々歳々の積み重ねによって醸造していくものなのではないか。

そもそも品格とはなんぞや。簡単に説明できれば苦労はないが、個人的には、「それを言っちゃ(あるいはやっちゃ)、おしめえよ!」というイメージに近い気がする。

私の子供の頃、お金とセックスの話を人前でするのは、はしたないとされていた。もちろんお金は大切だ。あるに越したことはない。あったらいろいろ望みが叶うし、先行きを思うと安心できる。しかし、お金について露骨に文句を言ったりはしゃいだり騒いだりするのは人間としてみっともないと思われていた時代が

file 30

品格と我慢

ある。人前でヒラヒラとお札を晒すことも下品とみなされた。だからお店のレジ前は別として、他人様にお金を手渡すときのために給金袋とか祝儀袋とかぽち袋なるものが存在するのである。

父はもの書きであったが、出版社から原稿を依頼されたとき、いちいち原稿料がいくらか問うことはなかったと記憶する。依頼主の側も書き手にその都度、伝えていなかったのではないか。原稿が書けた晩に、「一枚いくらで合計六枚分、いくらいくらを振り込みます」という通知が届いてようやく、「ほうほう」とニンマリするのである。そのくせ父は、家族の前でお金の話をするのがけっこう好きだった。私が仕事を始めたのちも、「今度、○○へ講演の仕事で行ってきます」と言うと、「どんな話をしてくるつもりだ?」といかにも父親らしい質問は一切せず、私に聞くのはただ一言、

「いくらだ?」

どうやら人一倍、報酬には関心が高かったと思われる。少なくともお金に無頓着だったわけではない。しかし、だからといって版元に原稿料について訊ねることはしなかった。

つまりそれが世の常だったのだろう。聞きたい、でも聞いたら品がない。誰も

がそう思っていた。

しかし時は流れ、アメリカの影響を受けてさまざまなビジネスの間に契約書が交わされるようになる。となると、前もって金額を提示する必要が生じる。アナログ的なもの書きの世界にも、その波はじわじわと押し寄せてきた。そしてしだいに原稿の依頼書には依頼内容と締め切り日に加え、「原稿料」の項目が明記されることが増えていった。受注する側としてはありがたい。注文を受けるか受けないか。判断基準の一つになる。少々、スケジュールが厳しくても、「そんなに原稿料をもらえるのかあ」となればモチベーションも上がる。原稿料が低いという理由でお断りしたことはない（はず……）が、原稿料は安いけれどこのテーマなら書けるぞと、別のやる気基準が起きる場合もある。マジです！

しかし、こうして原稿仕事を引き受けるにも別の仕事を受けるにも、何をやるにも「値段」が付記されるようになると、価格の明記されないことが不自然不親切に思われてくる。仕事依頼だけではない。税金問題も年金問題も外交問題も、もちろん是正すべき点は大いにあるだろうけれど、世の中で人が騒ぎ立てる理由には、たいてい「あら、ずるい」と「なんであいつらだけ？」とが絡み合い、そして最後の解決方法として現れるのは、必ず「お金」なのである。「それをやっちゃあ、おしめえよ」とつい叫びたくなる。でも、金で解決させられた側も、屈服せざるをえない。こうして昔、大人に叱られた教訓は人々の意識からしだいに遠ざかり、お金の話をすることに、すっかりちゃっかり慣れてしまうのだ。

品格とは、一種の我慢である、と私は思う。子供の頃、「お金の話なんかするのは下品です」と親や大人にたしなめられ、怒られるのが怖いから自ずとお金の話をしなくなる。すると不思議なことに、自分自身も「下品だ」と思うようになる。そちら方面の関連の言葉を耳にするだけで、「あら下品」と嫌悪感を抱く。ところが、世の中どこもかしこも「お金の話をしましょうよ」という風潮が強くなるにつれ、本来、我慢していたはずのタガが緩む。平気になる。積極的に話題にする。

考えてみれば人間は、もともと下品のかたまりなのだ。気取らないで済むのなら、いくらでも緩みたい願望を生来持っている。それを「いや、ちょっとここは我慢します」と自らに言い聞かせるのはしんどい。しかしそれこそが、「品格」というものではあるまいか。

セックスについては、まだかろうじて抵抗がある。とは、本書の別の章で書いたとおり。でも、あのイギリス人女性作家に「私たちは友達と前日のセックスについて語り合うのは常識よ！」と力説されたときは、驚いたと同時に戸惑った。

やはり日本は文化的に遅れているのだろうか。男女について理解する上では包み隠さず語り合うことが必要なのか。チラリと頭をかすめた。でも今になってみると、やはり私としては、「秘め事」は「秘め事」の領域を超えない前提で語り合いたい。私がそう思ったところで今後の日本人がどうなるかはわからない。お金についてもセックスについても、ところかまわずあっけらかんと話す時代が訪れるかもしれない。

断っておきますが、私はシモネタを否定する者ではない。シモネタは楽しい。シモネタには技がある。技の駆使されたシモネタに出合うと、ウキウキする。

誰が言ったか覚えていないが、イギリスで「今日のパーティは成功だ!」と口々に言わしめるパーティとは、最後の話題がシモネタになったものだという高説を聞いて以来、私はシモネタ推進委員会の旗手を務める覚悟が決まった（そんな委員会はありませんけれど）。とにかく、そういう粋なシモネタと、「昨日の自分のセックスについて語る」のとはわけが違うと私は思う。しかしこれもまた、世の中のタガが緩み始めたら、どれほどに順応してしまうか、自分が怖い。

品格とは、自らにはめるタガである。

金を持っている者がことさらに威張り散らし、金のない者は世の理不尽に憤る。

子供は「金持ちになりたい」と憧れ、若い女性は容姿と性格を二の次にしても「金持ちと結婚したい」と夢を抱く。金があるからこそ、こんなことができたと自慢し、金がない者は死ぬしかないと悲観する。どの気持にも真実があり、正論は存在する。でもそこにかすかな「我慢」という調味料を振りかけたとき、人の品格は芽を吹くのではないのだろうか。

伊集院さんの印象的な言葉を一つだけ。品格は大事である。加えて愛嬌があると、さらにいい。

六十三歳にしてようやく結婚し、周囲に「よかったね」と祝福されると、私は早晩、緊張感を失って、タガが緩みそうな不安に襲われる。釣られた魚はエサを必要としないかわり、他人様の目をものともしなくなるだろう。以前に増してどうにもガサツなオンナに成り果てたと呆れられないよう、さらに「それを言っちゃ、おしめえよ」と非難されないよう、品格と愛嬌のあるバアサンを目指すことを、ここに誓います！

阿川佐和子　あがわ・さわこ

1953年東京生まれ。作家・エッセイスト。代表作『聞く力』は160万部超のベストセラーに。近刊に『強父論』がある。週刊誌の人気対談連載は25年目に突入、トーク番組や討論バラエティ番組のレギュラーを長年持つほか、映画やドラマでも活躍するなど、マルチな才能を発揮している。

バブルノタシナミ

発行日　2017年 7月30日 初版第1刷発行

著者　阿川佐和子
発行者　小穴康二
発行　株式会社世界文化社
〒102-8187
東京都千代田区九段北4-2-29
電話 03-3262-5118（編集部）
電話 03-3262-5115（販売部）
印刷・製本　大日本印刷株式会社

ISBN978-4-418-17504-8

装丁　小口翔平＋岩永香穂（tobufune）
装画　宮原葉月
撮影　野口貴司（San Drago）
編集　三宅礼子
校正　株式会社円水社

本書は『GOLD』2013年11月号～2016年3月号に掲載したものに加筆したものです。